Hasemeier

Paß op, dä Schnäuzer kütt!

Paß op,
dä Schnäuzer kütt!

Die Erlebnisse
des Kommissars Alfred Hasemeier
im Vringsveedel

Verlag J. P. Bachem in Köln

Die Illustrationen zeichnete
Adolf Meyer-Hartgenbusch

CIP-Kurztitelaufnahme der Deutschen Bibliothek

Hasemeier, Alfred:
Pass op, dä Schnäuzer kütt!: Die Erlebnisse d.
Kommissars Alfred Hasemeier im Vringsveedel.
– 6. Aufl., 15.–17. Tsd. – Köln: Bachem, 1984.
ISBN 3-7616-0503-X

6. Auflage · 1984

Reproduktionen: Willy Kühl GmbH & Co. KG, Köln
Druck: J. P. Bachem, Köln
Printed in Germany
ISBN 3-7616-0503-X

Inhalt

Zum Geleit

Dieses Buch ist ein Stein im Mosaik der Kölner Heimatgeschichte. Wer Jahrzehnte als Schutzmann in Köln tätig war, der kann viel erzählen, von vielen kleinen Erlebnissen, von Kölscher Lebensart, von Jecken und Grielächern. Alfred Hasemeier, „dä Schnäuzer“, hat seine Erlebnisse im Köln der Nachkriegszeit zu Papier gebracht und damit vielen Kölner Mitbürgern eine große Freude bereitet. Seine Geschichten machen deutlich, daß auch das Geschehen am Rande mit zur polizeilichen Arbeit gehört. Das war damals so, und das ist auch heute noch so.
Ich wünsche Alfred Hasemeier und seinem Buch guten Erfolg.

(Jürgen Hosse)
Polizeipräsident in Köln

Mit einer Zigarre fing alles an

Am 6. Mai 1946 betrat ich das Personalbüro der Schutzpolizei im Kattenbug. Der Leiter der Abteilung empfing mich mit einer Kälte, die einem Eisberg Konkurrenz machen konnte. Ich spürte sofort seine Abneigung. Enttäuscht verließ ich den Allgewaltigen und ging ein Stockwerk tiefer. An einem der Türschilder stand: „Vorzimmer des Polizeipräsidenten Winkler." Am liebsten hätte ich laut gejubelt! 15 Jahre vorher hatte ich in der Krebsgasse den Regierungsrat Winkler flüchtig kennengelernt. Ich klopfte, trat ein und sagte laut zur Sekretärin: „Ich kenne den Herrn Polizeipräsidenten aus der Krebsgasse und möchte ihm nur kurz guten Tag sagen."

Im Nebenraum wurde ein Sessel gerückt, die Tür öffnete sich einen Spalt breit, und ich sah Herrn Winkler nach all den schweren Jahren wieder.

„Wie war Ihr Name?", fragte er. „Hasemeier, 1931 bei Oberstleutnant Leber. Sie hatten Ihr Büro gleich nebenan."

Herr Winkler streckte mir die Hand entgegen. „Kommen Sie, einige Minuten habe ich noch Zeit, denn gleich muß ich zur Oberbeamtenbesprechung."

Wir unterhielten uns zwanglos. Dann rückte ich mit der Sprache heraus.

„Herr Präsident, Sie brauchen doch noch Männer für den Aufbau der Kölner Polizei. Ich möchte mich gerne wieder für Köln bewerben."

„Ja, mein lieber Hasemeier, gute Leute suche ich noch. Das Gebäude hier ist im Hinterhaus stark durch Bomben beschädigt. Wir haben teilweise noch kein Glas in den Fenstern. Sie können sich gar nicht vorstellen, wie schwer es ist, einige Schreibtische, Schreibmaschinen, Bleistifte, Tinte und Papier aufzutreiben. Mit diesem Kleinkram fängt es an. – Kommen Sie, jetzt stecken wir uns zuerst eine gute Zigarre an. Es freut mich, daß Sie mich aus dem Nebenzimmer von Oberstleutnant Leber wiedererkannt haben. Dem bin ich oftmals, was natürlich auf Gegenseitigkeit beruhte, an die Zigarrenkiste gegangen."

Ich freute mich, einen Menschen gefunden zu haben, der mich nicht wie eine Bulldogge anknurrte. Da sagte er plötzlich: „Legen Sie ein Gesuch mit den üblichen Unterlagen vor."

Ich klatschte in die Hände vor Freude, zog mit der rechten Hand einen Lebenslauf, mit der linken Fragebogen, Entlassungsschein und andere Papiere hervor.

„Bitte, Herr Präsident, alles zur Stelle." Wir pafften beide an unseren Zigarren. Herr Winkler zeigte mit dem Finger nach oben.

„Bringen Sie die Sachen einen Stock höher."

Ich legte die Stirn in Falten und sagte enttäuscht: „Wenn ich nach oben muß, wird die gute Zigarre kalt, und dann schmeckt sie bitter. Eine gute, brennbare Zigarre seines Polizeipräsidenten sollte man doch mit Genuß und Freude zu Ende rauchen."

Er lächelte, griff zum Telefon und rief den Bullenbeißer nach unten. Ich lehnte mich genießerisch, die Beine übereinanderschlagend, im Sessel zurück.

Minuten verstrichen, es klopfte, und der scheinbar Allgewaltige betrat wie ein Kriecher das Büro des Polizeipräsidenten. Typisch, dachte ich.

Herr Winkler sagte: „Darf ich bekannt machen ..." Ich unterbrach ihn: „Herr Präsident, den Herrn kenne ich schon."

„Hier sind die Unterlagen: Wenn die Engländer in der Elsa-Brandström-Straße nichts dagegen haben, wird Herr Hasemeier als Polizeimeister wieder in Köln eingestellt."

Bleich bis in die Lippen sagte der Chef der Personalabteilung: „Jawohl, Herr Präsident." Und raus war er.

So hatte ich den ersten Schritt hinter mir.

Die Monate verstrichen. Ich machte Razzia in einem Nachtlokal. Der Besitzer sagte: „Mit diesem Indianerkostüm kommen Sie nicht in mein gutes Lokal." Er meinte unsere Tschakos.

„Leider haben wir noch keine Abendanzüge für Sondereinsätze auf der Kammer. Also müssen wir so hinein."

In der Bar brüllte er mich an: „Noch in dieser Nacht ziehe ich Ihnen den Rock aus, denn der Polizeipräsident und ich haben gemeinsam im KZ gesessen."

Lächelnd sagte ich: „Mein Herr, Sie lügen. Der Präsident war nie in einem KZ."

Am nächsten Vormittag bekam ich tatsächlich den starken Arm des Barbesitzers zu spüren. Ich erhielt von meinem Präsidenten die erste nicht rauchbare Zigarre.

Als ich sein Büro betrat und „Guten Morgen, Herr Präsident" sagte, brüllte er mich an: „Wie kommen Sie dazu, in diesem Lokal und dazu noch im Tschako aufzukreuzen?"

Ich beantwortete seine Frage nicht und sagte noch einmal: „Guten Morgen, Herr Präsident!" Jetzt erst schaute er mich an und brummte: „Guten Morgen!" Ich blickte ihm in die Augen und sagte: „Es ist doch unser Dienstanzug, und außerdem ist es Vorschrift, den Tschako zu tragen. Übrigens: vier gesuchte Personen haben wir dort herausgeholt. Also ein Erfolg!"

„Ich will nicht haben, daß Sie dort aufkreuzen."

Da muß ich mich wohl verfärbt haben. Ich legte mein Koppel ab, zog meinen Uniformrock aus und hängte beides über einen Sessel.

„Mit einer solchen Antwort habe ich nicht gerechnet, Herr Präsident. Wenn Sie meinen, ich würde Ihnen persönlich durch mein korrektes dienstliches Handeln im Wege stehen, dann möchte ich nicht länger bei Ihnen Dienst tun."

Und dann wagte ich mich noch weiter vor: „Herr Präsident, Sie dulden nur Duckmäuser um sich, die bei jedem lauten Wort davonlaufen. Einen Mann, der Ihnen wirklich helfen würde, wenn es brennt, den sehen Sie nicht."

Ich wollte das Büro verlassen. Er faßte mich am Arm und sagte: „Ist ja gut, mein Junge, tu weiter deine Pflicht."

Da wußte ich es: In Sekundenschnelle hatte ich meinen Polizeipräsidenten wiedergewonnen, und dazu einen väterlichen Freund.

Jedesmal, wenn er mich auf der Straße sah, ließ er seinen Dienstwagen anhalten und nahm mich mit. Sein Fahrer sagte mir einmal: „Donnerwetter, Sie haben aber einen Schlag beim Präsidenten. Ich bin schon seit Jahren bei ihm, aber einen Kommissar hat er außer Ihnen noch nie mitfahren lassen."

Am 3. November 1965 ist Karl Winkler gestorben. Bei seiner Beerdigung auf dem Friedhof Melaten mußte ich mit Beamten der Einsatzreserve das Ehrengeleit stellen. Als ich am Grab das Kommando gab: „Ehrengeleit, Achtung! Augen rechts!", da fiel mir auf einmal das Sprechen schwer.

Start im Vringsveedel – mit Kamellen und Vorsicht

Es sah damals wirklich nicht rosig aus im Vringsveedel. Es war wenige Monate vor der Währungsreform, als ich das Revier 1 übernahm. Die Wache lag in der Zwirnerstraße, aber es schien, als ob von ihr niemand Notiz nehmen wollte.

Maggler, Zuhälter, Straßenräuber, Einbrecher – alle schienen sich im Vringsveedel wohlzufühlen. Der damalige Polizeipräsident Winkler gab mir den guten Rat: „Also, mein lieber Hasemeier, wenn Sie sich im Vringsveedel durchsetzen wollen, dann brauchen Sie das Vertrauen der dort wohnenden Leute. Nur so werden Sie sich Respekt verschaffen können."

Das war leichter gesagt als getan. Wie sollte man das Vertrauen der Leute gewinnen, wenn viele auf die Polizei gar nicht gut zu sprechen waren? Daß Polizeibeamte bei Schwarzmarktrazzien so mancher armen Frau ein gerade eingetauschtes halbes Pfund Butter abgenommen hatten – das war eben nicht so leicht zu vergessen.

Da kam mir eine brauchbare Idee. Habe ich erst einmal das Vertrauen der Kinder, werden mir auch die Mütter ihre Sympathien schenken. Und die wiederum wirken dann sicherlich auf ihre Männer ein.

Der Plan war fertig. Ich stellte mich beim leitenden Direktor der Firma Stollwerck vor. Er war froh, mich begrüßen zu können: „Wissen Sie, hier geht es manchmal drunter und drüber. Es wird Zeit, daß Ordnung geschaffen wird."

Vor allem nächtliche Einbrecher, die die damals so begehrten Süßigkeiten aus den Lagerhallen holten, machten der Firma sehr zu schaffen. Ich versprach, auf die Lagerräume ein besonders wachsames Auge zu haben. Aber – eine Hand mußte die andere waschen. Für meinen Geheimplan brauchte ich nämlich einen Sack Kamelle. Als der Direktor meine Absicht kannte, zeigte er sich sofort einverstanden. Für einen Sonderpreis, der nicht der Rede wert war, gehörte mir ein Zentner Kamelle. Den Kindern in der Biberstraße, Seyengasse, Rosenstraße, Im Sionstal und Im Weichserhof sagte ich: „Morgen nachmittag kommt ihr alle zum Polizeirevier in der Zwirnerstraße, da gibt es Kamelle für jeden. Bringt auch eure Freunde mit, wir haben genug da!“ Niemand wollte es so recht glauben, aber dann drängelten sich doch mehr als 200 Kinder vor der Wache. Was war das für ein Spaß, auch für uns Beamte!

Meine Rechnung ging auf. Als ich am nächsten Morgen meine Runde machte, begegneten mir überall freundliche Gesichter. Viele Frauen und Männer grüßten. Eine Mutter in der Biberstraße gab mir wie einem alten Bekannten die Hand: „Na, Härr Kommissar, esujet hät et bei uns noch nie jejovve. Mir han uns met jefreut.“ Überall sprach man von mir. Und man sprach gut von mir. Der erste Schritt war getan.

Natürlich gab es auch Leute, denen das gar nicht recht war, die kein Interesse an einem guten Verhältnis zwischen Polizei und Bevölkerung haben konnten.

Und einige von ihnen versuchten bald, dieses gute Verhältnis zu stören.

Eines Morgens erschien eine gutgekleidete Frau, Anfang der Dreißiger auf der Wache. In einem giftgrünen Jackenkleid stand sie vor mir, in eine Parfümwolke gehüllt.

„Was kann ich für Sie tun, gnädige Frau?“ Sie kam verdächtig nahe auf mich zu: „Ich ben kein jnädije Frau, Herr Schnäuzer, ich ben et Strick-Kätt us dr Nächelsjass – kann ich Üch spreche?“

Sie steckte sich eine verteufelt gut riechende Ami zwischen die grell geschminkten Lippen und legte los: „Ich kann et bei mingem Mann nit länger ushalde – hä schleit und tritt mich, wann hä noh Hus kütt. Un dobei schaffen ich doch nor for in un uns zwei Pänz aan. Lort ens he, wie dat Firke mich jebesse hät . . .“

Und flugs hob sie ihr gut geformtes Bein auf den Stuhl und zog den Rock hoch, um mir ihr Wehwehchen zu zeigen. Ich sah ihre rosafarbenen Strumpfhalter – und da erschrak ich. Blitzschnell drehte ich mich um und schaute durchs Fenster. Tatsächlich! Gegenüber, aus einem Fenster der Schule Zwirnerstraße,

schauten drei Lehrer in die Revierstube und beobachteten gespannt, was ich nun mit dem Strick-Kätt tun werde.

Etwas verlegen bat ich: „Nun nehmen Sie das Bein wieder herunter, ich glaube Ihnen auch so.“ Ich schlug ihr vor, eine Anzeige zu erstatten. Doch sie hatte einen anderen Plan: „Nä, anzeije well ich en nit. Ich han mer jedaach, Ihr künnt mingem Tünn ens anständich de Meinung sage. Vör der Polizei hät hä fies Kamasche.“

Ich sagte zu, und befriedigt verließ die Frau die Wache. Aber dann wurde ich doch mißtrauisch und verzichtete auf den Besuch. Sonderbarerweise ließ sich das Strick-Kätt nie wieder blicken, um sich zu beschweren.

Den Grund erfuhr ich später, Ihr Mann und zwei seiner Freunde, alle drei nicht unbekannte Ganoven, hatten vorgehabt, mich in flagranti mit der Dirne zu überraschen. Diese Entdeckung wollten sie dann sofort dem Polizeipräsidenten mitteilen. Meine Arbeit im Revier 1 wäre sofort zu Ende gewesen.

Wo kommen bloß die Zigaretten her?

Jeden Mittwoch hatten wir im Polizeipräsidium, damals noch im Kattenbug, eine Dienstleiterbesprechung. Da setzte der Polizeipräsident die Schwerpunkte unserer jeweiligen Arbeit fest, da lobte und da tadelte er.

Eines Tages bat er mich am Ende der Besprechung: „Hasemeier, Sie bleiben noch etwas hier, ich habe noch eine vertrauliche Angelegenheit mit Ihnen zu besprechen." Dann berichtete er mir, hohe Offiziere der englischen Besatzungsmacht hätten ihm sehr harte Vorwürfe gemacht, weil es der Kölner Polizei nicht gelinge, den schwunghaften Handel mit amerikanischen und englischen Zigaretten einzudämmen. Er verabschiedete mich mit den Worten:

„Sie wissen doch, welche Macht diese Herren haben. Ob wir am Schwarzhandel schuldig oder unschuldig sind, interessiert die überhaupt nicht. Wir müssen gehorchen – sonst nichts. Wir haben eben den Krieg verloren. Ich glaube, in Ihrem Viertel müßten die Hauptschieber sitzen. Lassen Sie sich mal eine gute Idee durch den Kopf gehen."

„Weshalb übergeben Sie die Sache nicht der Kripo in der Merlostraße?" fragte ich verwundert. Er lächelte merkwürdig: „Ich habe da so meine eigenen Vermutungen, deshalb soll alles möglichst in kleinem Kreis geschehen." Erst viel später verstand ich seine Andeutung.

Also begannen wir im Vringsveedel mit der Suche nach den Zigarettenschiebern. Zuerst in der Nächelsgasse, wo fast alle Dirnen nur Amis rauchten. Geld hatten sie ja genug. So bekamen wir den ersten Hinweis auf einen gewissen Peter, der jeden Sonntagabend in den Dirnenhäusern mit frischer Ware erschien.

Es war kein Problem, ihn auf frischer Tat festzunehmen. Vierzehn Stangen „Camel“ wurden in seinem Koffer sofort beschlagnahmt.

Da ich einen ganz sonderbaren Verdacht hatte, machte ich an der Seite eines jeden Zigarettenkartons mit Kopierstift ein kleines schwarzes Kreuz. Dann lieferten wir die Zigaretten im Polizeipräsidium ab, von wo sie an die Kölner Vertretung der Militärregierung weitergeleitet wurden.

Der festgenommene Peter zeigte sich sehr gesprächig, als es um die Herkunft seiner Ware ging. Er hatte jetzt ohnehin nichts mehr zu verlieren. So kamen wir an die Adresse eines ehemaligen Berufsringers in der Alteburger Straße. Als der Mann uns die Tör öffnete, sagte er ganz ruhig nur einen Satz: „So eine Scheiße!“ Dann betraten wir seine Wohnung und beschlagnahmten nahezu 150 Stangen Chesterfield.

„Und woher kommt die Ware?“ fragte ich. Er hob abweisend beide Hände: „Die Stäbchen habt ihr ja schon, aber sonst bekommt ihr von mir nichts mehr. Ich verpfeife niemanden.“

Das war auch nicht mehr nötig, denn ich hatte auf seinem Schreibtisch einen Zettel gefunden: „Egon 20.15 Uhr, Bahnsteig 3.“

Vier Tage lang standen wir jeweils um 20.15 Uhr auf dem Bahnsteig 3. Vier Tage umsonst.

Am fünften Tag stieg ein eleganter junger Mann aus. Mit zwei schweinsledernen Koffern, die damals sofort auffielen. Er war derjenige, auf den wir gewartet hatten. Aus beiden Koffern holten wir 120 Stangen Amis. Auch die lieferten wir beim Polizeipräsidium ab, von wo sie wiederum zu den Engländern gebracht wurden. Auch diesmal holte ich den Kopierstift aus der Tasche und malte ganz klein mein schwarzes Kreuz auf jede Stange.

Es verging keine Woche ohne neue Festnahmen und ohne neue Beschlagnahmen. Inzwischen waren es schon nahezu 1000 Stangen Zigaretten, die wir immer treu und redlich abgeliefert hatten. Alle mit dem kleinen schwarzen Kreuz.

Ich wurde allmählich unruhig: Meine Rechnung schien nicht aufzugehen, mein Verdacht fand noch immer keine Bestätigung.

Nach drei Wochen verloren wir die Lust an der Aktion. Auf der Wache waren sich alle Beamten einig: „Das ist wie ein Faß ohne Boden. Wir können noch so viele Schieber ermitteln – der Nachschub hört nicht auf. Das ist alles verlorene Zeit . . ."

Ich war auch dieser Meinung. Bis dann die Stunde meines großen Triumphes doch noch kam. Am Chlodwigplatz hatte ein alter Ford eine Panne. Das Auto stand mitten auf der Fahrbahn, als wir hinzukamen. Wir schoben es hilfsbereit an den Straßenrand. Dabei entdeckte ich auf dem Rücksitz ein sorgsam verpacktes großes Paket. Was mir auffiel, war das Packpapier: Olivgrünes, leicht öliges Papier, wie es nur bei der englischen und amerikanischen Armee verwandt wurde.

Ich forderte die beiden jungen Männer auf, das Paket sofort zu öffnen. Sie weigerten sich. Also nahmen wir sie samt dem Paket mit auf die Wache und öffneten dort. Was zum Vorschein kam, waren wiederum amerikanische Zigaretten. Etwa 30 Stangen.

Ich hätte die beiden Schieber jetzt aber am liebsten umarmt. Denn auf jeder Zigarettenstange entdeckte ich mein kleines schwarzes Kreuz.

Eine Viertelstunde später stand ich im Zimmer des Polizeipräsidenten. Erregt verkündete ich ihm: „Jetzt kennen wir die Hauptlieferanten. Die Engländer sind es, Herr Präsident, jawohl, die Herren Engländer, die sich über unseren schwarzen Markt mokieren, versorgen ihn selbst mit Zigaretten."

Der Polizeipräsident strahlte. Da wir jede beschlagnahmte Zigarettenstange bei den Engländern abgeliefert hatten – und jede Stange mein Kreuz trug –, konnte die neue Sendung nur aus Kreisen der englischen Besatzungsmacht zurückgekommen sein.

Sofort fuhren wir nach Müngersdorf in die Villa des höchsten in Köln lebenden englischen Offiziers. Spöttisch hörte er sich die Vorwürfe des Polizeipräsidenten an. „Niemals", entgegnete der Engländer, „niemals!"

Wir zeigten ihm die schwarzen Kreuze. „Nonsens", lachte er überheblich.

Daraufhin verlangten wir eine Vernehmung der beiden Schieber durch die Militärpolizei, von der wir wußten, daß sie keineswegs zimperlich mit Schiebern umging. Der Offizier stimmte zu:

Nach zwölf Minuten machten die beiden jungen Männer das Geständnis: Ihre Ware hatten sie von einem Captain des Müngersdorfer Offizierskasinos bezogen.

Alle Engländer wurden sofort von Militärgerichten abgeurteilt. Wir aber wurden zu strengstem Stillschweigen verpflichtet. Der Präsident erinnerte mich daran: „Wissen Sie jetzt, weshalb ich die Ermittlungen nur im kleinsten Kreise führen wollte? Ich ahnte nämlich, woher die Ware kam."

Niemals mehr hat sich die Militärregierung von da an bei der Kölner Polizei über den schwarzen Markt beschwert.

Bei Lady Lewington beinah abgeblitzt

Auf die Spur der „Lady Lewington" kam ich nur, weil es an dem betreffenden Tag so sehr geregnet hatte. Als ich durch die Gürzenichstraße ging, die noch zu meinem Revier gehörte, wurde der Regen so stark, daß ich mich in den Geschäftseingang des Juweliers Artmann stellte.

Es war bereits einige Monate nach der Währungsreform, und es lohnte sich wieder, die Schaufenster anzusehen. Während es also Bindfäden goß, schaute ich mir die herrlichen Brillantringe und Goldarmbänder an. Wobei mir mit einigem Unbehagen einfiel, daß sich bald wieder mein Hochzeitstag jähren würde. Aber die Preisschilder vor den kostbaren Schmucksachen standen in krassem Gegensatz zum Gehalt eines Polizeikommissars.

Plötzlich ging die Tür auf, und der Juwelier Artmann winkte mich in sein Geschäft hinein: „Sie brauchen doch nicht dort draußen zu warten, Herr Kommissar, warten Sie den Regen ruhig hier im Geschäft ab."

Ich nahm das Angebot an und schaute und hörte interessiert zu, wie der Juwelier eine bildhübsche Kundin bediente. Sie sprach mit starkem englischen Akzent, war ebenso elegant wie teuer gekleidet – kurzum, Frauen wie diese Lady sah man damals eben noch nicht sehr oft in Köln.

Sie war dabei, aus einer Vielzahl von Perlen offenbar die teuersten herauszufinden. Von vornherein verlangte sie: „Nur in Rosé, nur in dieser Farbtönung dürfen sie sein." Der Juwelier verbeugte sich: „Gnädige Frau, ich bewundere Ihre Sachkenntnis."

Griesgrämig hörte ich, wie es unter solchen Leuten zuging. Aber die Lady verstand tatsächlich eine Menge von guten Perlen. Die Art, wie sie die matt glänzenden Kugeln begutachtete, prüfte, wie sie sie befühlte, leicht zwischen die Zähne legte – der Juwelier warf mir einen vielsagenden Blick zu. Diese Frau wußte, was sie wollte.

Aus meiner Ecke beobachtete ich sie mit unverhohlener Bewunderung. Eine Figur wie eine Filmschauspielerin, ein Auftreten wie eine selbstbewußte Adlige. Nichts war übertrieben an ihr, jedes Wort, jede Geste war kontrolliert.

Ich war richtig froh, als der elegante Schirm der Lady vom gläsernen Verkaufstisch fiel. Sofort sprang ich hinzu, hob den Schirm auf und reichte ihn ihr zurück. Sie bedankte sich mit einem knappen Lächeln. Aber im selben Augenblick hatte ich das Gefühl, daß meine Anwesenheit der Dame gar nicht so angenehm zu sein schien.

Aber was sind schon Gefühle, wenn man einer so schönen und unerreichbar erscheinenden Frau gegenübersteht. Da kommt man sich als kleiner Polizeibeamter doch schon ziemlich bedröppelt vor.

Dann entschied sich die Dame. Zwölf Perlen aus der Vielzahl der vorgelegten hatten es ihr angetan: „Senden Sie mir die Perlen in einem schwarzen Lederetui heute nachmittag gegen Rechnung ins Hotel Excelsior.“ – „An wen darf ich adressieren, gnädige Frau?“ fragte der Juwelier. – „Lewington“, gab sie knapp zurück.

Artmann verbeugte sich abermals: „Ich darf Ihnen versichern, Lady Lewington, daß es mir eine unbeschreibliche Freude und Ehre war, die Ansprüche einer so sachkundigen Perlenexpertin erfüllen zu können. Denn Sie sind wirklich eine Expertin, Ihre Kenntnisse . . .“ – „Schon gut“, unterbrach sie ihn knapp, „ich erwarte die Sendung heute nachmittag.“

Während Artmann versicherte, alles pünktlich zu bestellen, verließ sie das Geschäft. Mitten im strömenden Regen.

„Eine Klassefrau“, sagte ich. Der Juwelier nickte: „Und die versteht was von Perlen, sage ich Ihnen.“

Ich schaute ihr nach, wie sie sich im starken Regen entfernte. Außer ihr war niemand auf der Straße.

„Die ist sogar noch zu stolz, den Regenschirm zu öffnen“, dachte ich mir. Und ich gestehe, in diesem Augenblick noch etwas gedacht zu haben: „Wenn du ihr nachgehst, ihr galant den Regenschirm öffnest – bei so einer schönen Frau muß das doch selbst im Regen ein Vergnügen sein.“

Gedacht – getan. Das heißt zum Tun kam es eigent-

lich nicht. Nach einer halben Minute ging ich neben ihr her: „Gnädige Frau, darf ich Ihren Schirm öffnen? Bei so einem Hundewetter . . .“ Ich bekam einen giftigen Blick zugeworfen: „Es macht nichts, wenn es regnet.“

Ich griff dennoch nach ihrem Schirm, um behilflich zu sein. Im gleichen Augenblick zischte sie mich in bestem Kölsch an: „Jung, loß dat sin. Minge Schirm jeiht dich nix ahn. Maach, dat do fottküss.“

Nanu? Hier stimmte doch etwas nicht. „Ich will Ihnen doch nur beim Öffnen des Schirms behilflich sein", gab ich zurück. Ihr Gesicht verfärbte sich. Zugleich war auch ihre ganze Gelassenheit, ihr Charme, ihre Bestimmtheit dahin. Jetzt war ich sicher: Hier läuft ein krummes Ding.

„Darf ich Ihren Ausweis sehen?" fragte ich scharf. – „Em Rähn? Ich jläuv, dat do jeck bes!" erwiderte sie.

In diesem Moment hörte ich von hinten aufgeregte Rufe. Ich drehte mich um und sah den Juwelier Artmann uns nachlaufen. Aber zugleich machte auch die feine Lady einen Satz, um davonzueilen.

Ich war schneller und hielt ihr zartes Handgelenk fest. Dafür bekam ich zwar einen Tritt gegen mein Bein und von ihrem Knie einen Stoß in den Unterleib. Aber ich hielt sie fest. Und da hörte ich schon den Juwelier: „Herr Kommissar, halten Sie die fest. Mir fehlen fünf Perlen. Die teuersten!"

Wir brachten die sich noch immer sträubende „Dame" ins Geschäft zurück. Und dort öffneten wir dann den Schirm. Lautlos fielen die gestohlenen Perlen auf den Teppich des Juweliergeschäftes.

Eine halbe Stunde später wurde mir im Polizeipräsidium gratuliert. Lady Lewington war ein rheinisches Mädchen aus Bonn, das schon in vielen Städten Westdeutschlands gesucht wurde. Überall hatte sie namhafte Juweliere mit dem gleichen Trick geschädigt, wie es ihr in Köln beinahe auch mit dem Juwelier Artmann gelungen war. Ihre Perlenkenntnisse waren leicht zu erklären: Einst hatte sie bei einem Frankfurter Perlengroßhändler als Sekretärin gearbeitet. Dort stahl sie die ersten Perlenketten. Weil das Gericht die Strafe zur Bewährung ausgesetzt hatte, bekam sie die Gelegenheit, auch weiterhin als Perlendiebin ihre Geschäfte zu machen.

Aber wir brauchen doch das Zimmer . . .

Wie man sich nahezu schuldlos in den Maschen des Gesetzes verstricken kann, wie man ungewollt selbst zum Werkzeug eines Verbrechens werden kann, das haben wir in der Zeit vor der Währungsreform besonders oft erlebt.

Ein krasses Beispiel bot der Fall der Frau Weller. Es gab gar keine Frage, sie war eine ordentliche, fleißige, gutherzige Frau. Ihre beiden Kinder hatte sie trotz der Kriegswirren mustergültig aufgezogen, jetzt machten sie eine Lehre durch, und ihre Lehrherren waren des Lobes voll.

Und dennoch war das Leben in dieser Familie ein Martyrium. Schuld daran hatte Frau Wellers Ehemann, ein ehemaliger Fremdenlegionär. Was seine Frau und seine Kinder durchmachen mußten, übersteigt die menschliche Vorstellungskraft. Nicht nur, daß Fritz Weller jede Art des Geldverdienens ablehnte: das Geld, das Sohn und Tochter nach Hause brachten, vertrank er. Anschließend wurde die Familie grausam verprügelt.

Mindestens einmal in der Woche stürzte die Frau in unsere Wachstube und bat um Schutz vor dem rasenden Trinker. Meistens blutete sie, und ihr Körper trug die Spuren grausamer Mißhandlungen.

„Gehen Sie doch von dem Mann weg", riet ich ihr immer wieder. Frau Weller schüttelte dann nur den Kopf: „Dann schleit hä mich janz kapott. Do han ich vill zo vill Angs."

Ich wußte wirklich nicht, wie ich helfen konnte, zumal die Frau – ebenfalls aus Angst – noch nicht einmal bereit war, ihren Mann anzuzeigen.

An einem frühen Morgen kam ich an Wellers Haus in der Dreikönigenstraße vorbei und hörte sogar auf der Straße, wie der Mann in seiner Wohnung tobte. Ich stieg hoch und kam gerade in die Küche, als er die schon gepackten Butterbrotpäckchen seiner beiden Kinder aufriß. Wütend nahm er den Belag von den Broten und aß ihn selbst: „Wat, Woosch? Die bruche kein Woosch. Die han ich nüdich. Merkt üch dat, Fleisch und Woosch sind nur för mich do."

Ich nahm mir den Mann vor und redete auf ihn ein: „Herr Weller, wenn Sie so weitermachen, bringe ich Sie nach Brauweiler." Spöttisch blickte er mich an: „Doför bruche Se en Aanzeich. Un die mäht keiner . . ." Damit hatte er leider recht.

Bis es dann eines Vormittags geschah: Abermals aus mehreren Wunden blutend, stürzte Frau Weller in mein Büro. Weinend ließ sie sich über meinen Schreibtisch fallen: „Ich halde dat nit mieh us!" Ich bat sie, hierzubleiben. In einer halben Stunde, wenn die Ablösung da war, wollte ich sie nach Hause bringen und mir noch einmal ihren Mann vornehmen.

Sie wollte aber nicht warten und ging wieder zur Wohnung zurück. Als sie vor dem Haus angelangt war, riß ihr Mann oben die Fenster auf. Dann hörte sie sein hämisches Lachen, und im nächsten Augenblick flatterten vier Hühner auf die Straße hinunter. Blut spritzte umher; Fritz Weller hatte nämlich den Hühnern die Köpfe abgeschlagen.

Als die fassungslose Frau in die Wohnung kam, schlief der Mann bereits seinen Rausch aus. Da kam es plötzlich über sie. Sie sah das blutige Beil und stürzte sich damit auf den Betrunkenen. Sekunden später war Fritz Weller tot.

Es war eine der ersten Schwurgerichtssitzungen nach dem Kriege, in der Frau Weller als Angeklagte erscheinen mußte. Blaß, abgehärmt, nur noch ein Schatten ihrer selbst. Ich war als Zeuge geladen, doch ich erkannte sie kaum wieder. Meine Aussagen, aber auch die aller Nachbarn führten dazu, daß das Gericht nur auf Totschlag erkannte und ein Strafmaß von zwei

Jahren festsetzte. Aber selbst diese Zeit saß sie nur zu einem geringen Teil ab, weil ein Gnadengesuch Erfolg hatte.

Aber es gab auch andere Fälle, in denen jemand die denkbar schwerste Schuld auf sich lud, ohne dafür bestraft werden zu können. Ich denke an den 72jährigen Karl B. aus der Annostraße. Ein Schulkind hatte uns alarmiert: „Schnell, Herr Kommissar, bei uns em dritte Stock hät sich ene Mann opjehange."

Als wir in der Dachwohnung eintrafen, baumelte an einer Türklinke ein alter Mann. Wir schnitten sofort den Strick ab, machten Wiederbelebungsversuche – und holten ihn tatsächlich ins Leben zurück. Doch der Mann schaute mich traurig an: „Dat hät doch keinen Zweck, Herr Kommissar. Die welle doch mi Zemmer han!"

Zunächst verstand ich das nicht. Dann sagte er müde: „Ming Rent nemmp mir ming Ahl av. Minge Hunger stelle mer de Schwestere vum Severinsklösterche. Un mi Zemmer well ming Dochter han. Die waade doch nur op minge Dud."

Als ich das Haus verließ, kamen mir seine Frau, eine resolute 50jährige, und die 17jährige schwangere Tochter entgegen. Ich berichtete, was geschehen war. Doch die Frau zischte mich wütend an: „Hätten sie ihn doch nur hängen lassen. Was glauben Sie, wie dringend wir das Zimmer brauchen, meine Tochter kriegt doch ein Kind."

Bei soviel Roheit war ich keiner Antwort fähig. Vier Wochen später holte man uns wieder. Aber jetzt waren die Wiederbelebungsversuche vergeblich. Die Frau hatte noch einmal die volle Rente kassiert, und die Tochter hatte endlich ihr Zimmer.

Wenn das mal gutgeht, Herr Hasemeier!

Ich weiß gar nicht mehr, wie oft ich während meiner Dienstzeit im Vringsveedel vor der Frage stand, ob ich nun der dienstlichen Vorschrift nachkommen oder zwei Augen zudrücken sollte. Und nicht ohne eine gewisse Genugtuung kann ich heute sagen, daß ich die Vorschriften nie verletzt habe, wo sie wirklich einen Sinn hatten, daß ich aber stets da die menschlichere Lösung bevorzugte, wo die Vorschriften eigentlich nur noch einen formellen Sinn erfüllten.

Von besonderer Tragikomik war der Fall des 79jährigen Rentners Otto Fuß. Zusammen mit seinem 81jährigen Freund Heinrich war er aus einem kleinen Ort in der Eifel nach Köln gekommen, weil beide hier eine Rentenangelegenheit zu erledigen hatten.

Die Verhandlung bei der Behörde war nicht nur schnell, sondern auch erfolgreich beendet. Otto wurde eine beträchtliche Nachzahlung zugesichert.

Das wollten die beiden Opas natürlich sofort feiern. In einer Imbißstube am Hafen ließen sie die Bierflaschen kreisen. Die Stimmung schlug immer höher, bis Otto voller Übermut seinem Freund verriet: „Also, ich fühl mich wie zwanzig. Hier in der Nähe muß doch die Nächelsgasse sein."

Der um zwei Jahre ältere Heinrich hatte Bedenken, fühlte sich dann plötzlich aber auch wie zwanzig. Beschwingt und erwartungsfroh trotteten sie zur Gasse, deren Name und Bestimmung selbst in der Eifel bekannt war.

Beim Anblick der jungen hübschen Mädchen wurden die Opas aber plötzlich unschlüssig. Heinrich bekam wieder Bedenken: „Jung, wenn die dat ze Hus erfahre . . ."

Otto winkte ab: „Wie dann?" Er entwarf den Schlachtplan. „Ich jon in die Nummer sechs. Dat Fussije is minge Typ."

Heinrich sollte draußen auf Ottos Rückkehr und seinen Bericht warten, um dann als zweiter dem rothaarigen Mädchen einen Besuch abzustatten.

Heinrich wartete und wartete. Aber Otto kam nicht. Stolz prahlte Heinrich bei den anderen Männern in der Gasse mit den Qualitäten seines Freundes: „Dat es ene Käl! Nüngunsibbenzich Johr alt, und schon en halv Stund bei dem Mädche!“

Ja, und dann gab es nichts mehr zum Prahlen. Stattdessen schellte bei mir in der Wache das Telefon: „Herr Kommissar Schnäuzer, he es dat Leni, die Wirtschafterin us dr Näschelsjaß Nummer sechs. Leeven Kommissar, wat solle mer maache, mer han ene Dude em Hus!“

Sofort fuhr ich mit einem Kriminalbeamten per

Fahrrad zum Haus Nr. 6. In dem kleinen zweistöckigen Gebäude war alles in Aufregung. Die rothaarige Maria beteuerte immer wieder: „Ich ben et nit schuld, janz bestemmp nit."

Ich konnte ihr glauben, denn auch alle anderen bestätigten ihre Schilderung. Opa Otto hatte sich in das Zimmer des Mädchens gesetzt und zunächst einmal erzählt, was er doch damals, als preußischer Ulan, für ein toller, schneidiger Bursche gewesen sei.

Belustigt hatte Maria zugehört – bis ihr die Zeit zu lang wurde und Opa gebeten wurde, zur Sache zu kommen. Und solcher Aufregung war Ottos Herz nicht mehr gewachsen.

Unser Arzt kam und stellte trocken fest: „Ganz eindeutig, Herzschlag."

Damit wäre der Fall eigentlich auch für uns zu Ende gewesen. Wenn jetzt nicht plötzlich Heinrich zu jammern angefangen hätte. „Mein Jott, dat jit ene Skandal! Wat sage ich dene zu Hus? Wenn dat eruskült, dat wir in enem Puff wore, weed dä Otto nit met enem Jeisliche beärdich . . ."

Flehentlich sah er mich an. Ich schaute den Kriminalbeamten an. Der zuckte mit den Schultern. Leni, die Wirtschafterin, zuckte auch mit den Schultern, auch dem Arzt fiel nichts ein. Nur das Freudenmädchen Maria begann jetzt laut zu kreischen: „Wat han ich nur jedon, dat ich sujet erlevve muß . . ."

„Kann man denn nicht auf dem Totenschein den Ort des Todes weglassen?" fragte ich den Arzt. Er schüttelte den Kopf: „Geht nicht, der Sterbeort muß drinstehen." Ich gab mich nicht zufrieden: „Dann schreiben Sie doch einen anderen Ort. Wir alle halten den Mund. Und der Alte aus der Eifel erst recht."

Der Arzt zeigte Verständnis, fragte jedoch: „Ja, was schreibe ich dann aber? Ich kann doch nicht einfach das Kloster zum Guten Hirten eintragen. Wer gibt denn schon seine Wohnung für sowas her?"

Da schaute ich streng die Wirtschafterin an: „Leni, wenn auf dem Totenschein euer Haus steht, gibt es viel Gebrassel. Dann kommt bestimmt noch einmal die Kripo, und die erkundigen sich dann auch noch nach anderen Dingen, ihr wißt doch, wie das geht . . .“

Leni hatte verstanden. Zwei Straßen weiter hatte ihr ein guter Freund in einem Trümmerbau eine Notunterkunft gebaut. Nicht luxuriös, aber gemütlich. Sie nickte: „Wenn es sein muß, Herr Schnäuzer . . .“

Wir warteten, bis sich in der Gasse die Schaulustigen verlaufen hatten. Dann trugen wir den Toten die achtzig Meter zu Lenis Wohnung. Von dort holte ihn schließlich der Leichenwagen ab.

Und Heinrich wußte, was er in der Eifel zu erzählen hatte. Otto war es plötzlich schlecht gewesen, da schleppte er ihn in die nächstgelegene Wohnung einer ehrbaren Kauffrau, die auch sofort einen Arzt holte – aber zu spät.

Der Arzt hatte kein gutes Gefühl: „Wenn das mal gutgeht, Herr Hasemeier. Ich schiebe alles auf Sie!“

Der Kriminalbeamte war auch nicht gerade übermäßig froh: „Ist ja eigentlich ein Ding, das wir hier drehen.“ Nur Leni zeigte Befriedigung: „Dat is Christenpflicht. Üvver su ene Ahl soll niemand schläch reden.“

Tatsächlich hörten wir nie wieder etwas über diesen Fall. Erinnert werde ich an ihn aber immer noch. Nämlich durch die rothaarige Maria, die inzwischen grau geworden ist und in einem Kölner Restaurant als Toilettenfrau ehrbares Geld verdient. Jedesmal, wenn ich dort mein Bier trinke, gebe ich Maria ihren Obolus, und stets bekomme ich dann zu hören:

„Also dat met däm Ahl, Herr Schnäuzer, ich schwöre Inne, ich wor dat bestemp nit schuld.“

Zwei verdächtige Kisten

Als ich abends nach Hause kam, blieb ich wie versteinert im Hausflur stehen. Zwei große Kisten ließen mein Herz schneller schlagen. Ein Absender war nicht ersichtlich. Mir ging es direkt durch den Schädel: Da versucht man, dich zu bestechen. Oder sollte etwas ganz anderes in den großen Holzkästen verborgen sein? Ich dachte schon an eine Leiche. Möglich war alles; um dem „Schnäuzer" die Lust am Revier 1 zu nehmen, hatte man ja schon allerlei versucht. Hübsche Frauen, Schmuck und Geldbeträge konnten mich nicht zu Fall bringen. Hier aber sah ich plötzlich etwas in meiner Wohnung, mit dem ich nicht gerechnet hatte.

Die Worte meiner Frau machten mich fast rasend: „Die sind für dich abgegeben worden. Als ich nach dem Absender fragte, erhielt ich nur die Antwort, du wüßtest Bescheid."

Mir schwoll der Kamm. „Liebe Frau, bist du wahnsinnig? Wie konntest du dir nur die Sachen andrehen lassen? Du hättest die Annahme verweigern müssen."

Ich holte ein Beil und öffnete die Kisten. In der ersten lagen fein geordnet Sektflaschen: „Henckel trocken". Die andere Kiste war mit Konserven gefüllt, mit Wurst und Fleisch in Dosen. „Gott sei Lob und Dank, eine Leiche war es nicht. Liebe Frau, jetzt heißt es, so schnell wie möglich den Kram wieder aus dem Haus zu schaffen.

Die Kisten vernagelte ich wieder, schwang mich auf mein Fahrrad und fuhr zur Dienststelle.

Der Wachhabende, ein alter Weltkriegsteilnehmer von 1914/18, war peinlich korrekt. Wenn er seinen Dienst begann, setzte er zuerst die Schreibzeugschale auf den Schreibtisch, richtete das Tintenfaß und das Lineal genau auf eine Linie aus, stand auf und überprüfte die Richtung. „So, jetzt kann es losgehen!"

Dann begann er seinen Nachtdienst.

„Herr Zitzling! Wer kann mir eine Kiste Sekt und eine Kiste Fleisch ins Haus geschickt haben? Sie kennen sich doch hier im Severinsviertel gut aus. Es liegt klar auf der Hand, man will mich kaufen, bestechen und mundtot machen.“

Der alte Polizist überlegte kurz und nannte mir zwei Namen. Ich flitzte in mein Büro und suchte die Telefonnummern heraus. Bei einem Nachtlokalbesitzer rief ich zuerst an. Als er sich meldete sagte ich: „Herzlichen Dank, der Sekt ist sehr gut.“ – „Na, das freut mich, dann läuft ja alles klar.“ Mir schoß das Blut in den Kopf. „Nichts ist klar, lassen Sie sofort den Kram wieder abholen, andernfalls steht die Kiste morgen beim Staatsanwalt mit einer Anzeige wegen Bestechung. Und wie heißt der Metzger, der mir die Fleischkonserven präsentierte? Na, ich habe den Namen auf der Zunge.“

Herr X stammelte: „Dat es doch dä Y vun der Vringsstroß.“ Zwei Minuten später hatte ich dessen Ehefrau am Telefon. Ihr Mann war angeblich geschäftlich unterwegs. Die gute Frau wußte nicht, was ihr Mann trieb, sie versprach, die Kiste sofort abholen zu lassen.

Kurz vor Mitternacht fuhr bei uns ein Lastwagen vor. Zwei Männer, die anscheinend taubstumm waren, denn sie redeten mit mir kein Wort, schleppten die Kisten auf ihr Fahrzeug und brausten in der Dunkelheit davon.

Jetzt erst hatte ich meine Ruhe wieder gefunden. „Ich hoffe, daß dir das Abendessen schmeckt“, sagte meine Frau. Ich nickte nur. Als ich meinen Teller leer hatte, brummte ich: „Das ist noch mal gutgegangen. Liebe Frau, das hätte auch schwer ins Auge gehen können. Wie du siehst, versucht man mit allen möglichen Dingen, mich außer Gefecht zu setzen.“

24 Stunden später lag eine dicke Beschwerde aus der

Nachbarschaft des Bar- und Hotelbesitzers vor. Ich überzeugte mich in den ersten Nachtstunden von dem beklagten Übel. Die Leute hatten die Wahrheit gesagt, denn von Kaiserslautern kamen Neger und amüsierten sich mit ihren Mädchen beim offenen Fenster. Ihr Lachen und Getue schallte hinaus in die Nachbarschaft. Die Leute beschwerten sich, weil ihre Kinder durch den Lärm keinen Schlaf fanden. Eine Frau sagte: „Herr Kommissär! Et es doch en Dreckichkeit, die künne doch winichstens de Jardinge vörtrecke. Müssen uns Pänz dann zolure, wie die Nejerfööß us dem Finster lure? Nä, nä, wat sinn dat alles für komisch Wiever."

Hier wurde ein eiserner Riegel vorgeschoben. Die Leute bekamen ihre Ruhe.

Der Konservenlieferant fiel einige Tage später durch eine Schwarzschlachtung auf.

Seine unsauberen Geschäfte brachen ihm den Hals. Im Laufe der Zeit war er noch oft Gast in einer staatlichen Großpension.

Ob die Nossens Plaat ihr Wort hält?

Die Tage vor dem Weihnachtsfest waren – wie auch heute noch bei der Polizei – voller Aufregung. Aber auch während der Weihnachtsfeiertage gab es ungewöhnlich viel zu tun. Zwei Totschlagversuche, zwei Selbstmorde, mehr als ein Dutzend Schlägereien – mein Gott, was war denn nur im Vringsveedel los?

Mir blieb nichts anderes übrig, als mich auf Silvester und das Neujahrsfest zu freuen. Vielleicht wird man sich da ein wenig ausruhen können. Derjenige, der mir auch diese Hoffnung zunichte machte, war ein kleiner, aber hartnäckiger Ganove, der im ganzen Vringsveedel wegen seines spärlichen Haarwuchses den Spitznamen „de Nossens Plaat" hatte.

Nossens Plaat war am Silvesterabend, kurz nach 18 Uhr, in der Gaststätte „Sonneneck“ in Nippes erwischt worden, als er von einem Garderobenständer einen Damenpelzmantel stehlen wollte. Die erbosten Gäste verprügelten ihn und lieferten ihn beim 15. Polizeirevier in Nippes ab. Von dort brachte man ihn sofort zum Klingelpütz.

Aber da geschah es. Neben den Beamten ging die Nossens Plaat seelenruhig auf das schon geöffnete Gefängnistor zu. Doch plötzlich, zwei Meter davor, machte die Plaat einen unerwarteten Satz zur Seite und war sofort in der Dunkelheit verschwunden. Der Gefängniswärter am Tor dachte zunächst nur an sich. Flugs schlug er von innen das Tor zu und brüllte den Beamten draußen hämisch zu:

„Domet hammer he nix zo dun. Dä es nit uns, dä is üch laufe jejange. Dä wor nämlich noch nit hinger dr Pooz. Dat es ür Anjelejenheit.“

Ich wollte gerade nach Hause gehen und das alte Jahr mit einer Flasche Wein beschließen. Also fiel der Wein ins Wasser. Mit einem Beamten gingen wir zur Follerstraße. Auf den dunklen Straßen kamen uns überall Angetrunkene entgegen. Es wurde ja genügend Knollenbrandy schwarz hergestellt.

Ich hatte keine großen Hoffnungen, die Plaat zu Hause anzutreffen. So dumm, so frech konnte doch niemand sein. Aber die Plaat war tatsächlich so unvorsichtig.

Als ich in seine Wohnung kam, standen mehrere Flaschen Knollenbrandy auf dem Tisch, daneben ein knuspriger Kaninchenbraten. Blitzschnell sprang die Plaat hoch, machte einen Satz ins Nebenzimmer. Ich jagte hinterher. Mir stockte der Atem: Der Mann hing aus dem Fenster, hielt sich mit einer Hand am Fensterbrett fest und suchte mit der anderen die Dachrinne. Entsetzt brüllte ich ihn an: „Mensch, Plaat, do häs wohl nit alle Tassen em Schrank? Do wills doch nit

wäjen enem Mantel ene Todessturz maache?“

Hinter mir schrien seine Frau und seine Mutter in höchster Angst: „Jüppche, kumm doch zoröck, Jüppche, dun uns dat nit aan.“ Die Plaat schluckte, schaute mich, Frau und Mutter traurig an und kroch tatsächlich in den Raum zurück. Er stammelte entschuldigend: „Här Kommissar, met däm Mantel – ich wollt doch esu jän jet för ze maggele för Silvester . . .“

Tatsächlich, dem abgebrühten Kerl rannen dicke Tränen über die Wangen. Und hinter mir heulten die zwei Frauen nicht weniger dicke Tränen. Dreimal großes Herzeleid – das war doch ein verdammter Silvesterabend. Die alte Mutter wurde ohnmächtig, die Plaat warf sich mit vorwurfsvollen Selbstanklagen über die Bewußtlose, und da seine Frau nicht wußte, was sie tun sollte, warf sie sich auch noch darüber. Da lagen also drei Menschen am Boden, und ich und mein Beamter machten die dümmsten Gesichter, die Polizeibeamte im Vringsveedel wohl je gemacht haben.

Ich zog den heulenden Mann am Kragen wieder hoch: „Junge, in den Knast mußt du auf jeden Fall. Da hilft kein Kreischen . . .“

Er hob beide Hände: „Jajodat, Här Kommissar, ävver doch nit hück, wo et jrad Silvester es. Solle mer esu dat neue Johr aanfange? Dat brengk bestemp nix Jots, sagen Se doch selvs!“

Das war zwar einfältig gedacht – aber so ganz unrecht hatte er nicht.

Da brüllte ich ihn barsch an: „Plaat, hör zu, warst du Soldat?“ Er nahm sofort Haltung an: „Jawoll, Herr Kommissar, Unteroffizier, dreimal in Rußland und einmal in Ostpreußen verwundet, EK I und II, goldenes Verwundetenabzeichen . . .“ Er wollte noch mehr Orden aufzählen, aber ich fiel ihm ins Wort: „Ich gebe dir Urlaub auf Ehrenwort. Du feierst heute Silvester, ruhst dich morgen noch mal aus und meldest dich am 2. Januar bei mir auf der Wache.“

Sein Gesicht hellte sich auf. Die Frau fiel mir um den Hals: „Leeve Schnäuzer!“ Und selbst die alte Oma schien wieder zu sich zu kommen.

So verließen wir das Haus. Unten meinte mein Beamter skeptisch: „Da haben Sie sich aber auf etwas eingelassen, Herr Kommissar. Ich wette, der macht die Flitze, den sehen wir nie wieder.“

Mir war auch nicht ganz wohl zumute. Aber andererseits war ich überzeugt: So ein Lump ist die Plaat doch auch wieder nicht. Kurz vor Mitternacht kam ich endlich nach Haus. Jetzt konnte auch für mich die Neujahrsfeier beginnen.

Und so endete das Erlebnis: Zwei Tage später

erschien tatsächlich die Nossens Plaat auf unserem Revier in der Zwirnerstraße. Aber wie! Sein Gesicht war voller Schrammen, sein Arm hing in Gips in einer weiten Schlinge. Die Erklärung: Vor Freude, nicht sofort in den Klingelpütz zu müssen, hatte sich die Plaat bis zur Bewußtlosigkeit betrunken. Mit einer Alkoholvergiftung hatte man ihn in die Lindenburg gebracht.

Dort erwacht, schrie er sogleich los: „Ich muß zum Schnäuzer, ich habe ihm mein Wort gegeben.“ Dabei war es erst der Neujahrstag. Man drückte ihn ins Kissen zurück. Heimlich schlich er zum Fenster, um zu fliehen. Er stürzte, brach sich dabei den Arm und kam wieder ins Bett zurück. Abermals flüchtete er aus der Lindenburg, pünktlich war er bei mir.

So eisern hielt die Nossens Plaat ihr Ehrenwort.

Die Zigarren bekamen dem Opa nicht

Bei meinen Erlebnissen im Vringsveedel kann und darf ich natürlich Opa Kürten nicht übergehen, auch wenn uns der liebenswerte Alte zuletzt einigen Kummer bereitete. Opa Kürten war 73 Jahre alt, als ich die Wache Zwirnerstraße übernahm. Doch sein Alter sah ihm niemand an. Mit einem knorrigen, dicken Krückstock machte er täglich seine Runde am Hafen entlang bis zum Ubierring, ging dann über die Severinstraße und kam nahezu täglich zum Polizeirevier, zu einem kurzen Schwätzchen.

„Wie es et, Schnäuzer?“ begrüßte er mich stets und klagte dann, wie schlecht doch die Zeiten geworden seien. Eines Tages, es war noch am frühen Morgen, waren seine Freundlichkeit und seine Ruhe wie weggewischt. Aufgeregt stürzte er in die Wache: „Su en Biesterei, ich han se jesin, janz deutlich han ich se jesin!“

Von seinem Zipperlein geplagt, war Opa Kürten schon sehr früh aufgestanden. Die Runde am Hafen entlang hatte er schon im Morgengrauen gemacht und dabei prompt beobachtet, wie vier Einbrecher eine Lagerhalle aufgebrochen und eine Wagenladung Weizenmehl abtransportiert hatten. Noch am selben Vormittag konnten wir die Bande in einem Hinterhof der Alteburger Straße festnehmen und die Beute sicherstellen.

Opa Kürten wurde zum Polizeipräsidenten Winkler geladen und erhielt zur Belohnung drei schwarze Brasilzigarren. Das war damals mehr wert als eine Belobigungsurkunde. Opa Kürten aber dachte nicht daran, auch nur eine der drei Zigarren anzuzünden. In Seidenpapier sorgsam eingewickelt, trug er das kostbare Geschenk stets mit sich herum und zeigte es jedem, der es sehen wollte: „Die han ich vum Här Präsident jeschenk kräje!"

Und von da an machte uns Opa Kürten Sorge. Denn plötzlich fühlte er sich zum Detektiv berufen. Seine Tochter kam besorgt zu mir: „Leeven Här Schnäuzer, dä Ahl es janz verdötsch. Dä schlöf nit mieh, dä es nur noch Einbrecher am söke. Wat solle mir nur maache? Ich weiß et nit mieh . . ."

Ich sah das Unheil kommen. Es kam prompt. Regelmäßig erschien jetzt Opa Kürten, um uns Berichte von neuen Einbrüchen zu geben, die in Wirklichkeit gar keine Einbrüche waren. Und er nannte uns die Namen von angeblichen Einbrechern, die in Wirklichkeit ehrbare Bürger waren.

Einen harmlosen Postinspektor, der in der Annostraße seinen Hausschlüssel vergessen hatte und der zu später Stunde ratlos vor der verschlossenen Haustür stand, hielt er entschlossen am Mantelkragen fest und schüchterte ihn mit dem drohend erhobenen Krückstock ein: „Bliev stonn, bes dä Schnäuzer kütt, oder ich schlonn dich kapott! Jetzt han ich dich endlich . . ."

Opa Kürten machte die verrücktesten Sachen. Von Passanten verlangte er die Ausweispapiere, wobei er sich als mein Beauftragter vorstellte. Und dann ging über Opas selbstherrliches Regiment selbst beim Polizeipräsidenten eine Beschwerde ein. Ich wurde vorgeladen, und Präsident Winkler schaute mich scharf an: „Was sind das für Geschichten? Was haben Sie da für einen komischen Vogel als Mitarbeiter?“ Nun, es fiel mir nicht schwer, den Sachverhalt zu klären, aber auch der Präsident war besorgt: „Nicht, daß dem noch etwas geschieht . . .“

Die Befürchtung traf ein. Als Opa Kürten zwei gerade entlassene Kriegsgefangene wegen ihrer zerlumpten Kleidung zur Ordnung rufen wollte, bekamen er eine Tracht Prügel. Und was noch viel schlimmer war: Die beiden erbosten Exsoldaten nahmen ihm auch noch die drei Zigarren ab.

Erst heulend und dann wutschnaubend verlangte Opa Kürten von mir: „Dat sin janz jefährliche Verbrecher. Schnäuzer, die muß de flöck faßnemme loße . . .“

Nun, die zwei Soldaten waren längst über alle Berge. Als ich ihm erklärte, daß da wohl nichts mehr zu machen sei, kündigte mir der streitbare Alte vollends die Freundschaft. Nicht nur das – überall verkündete er: „Dä Schnäuzer, dä jemeine Käl, dä steck met denne Verbrecher unger einer Deck!“

Nun ja, wir zeigten uns großzügig und hörten zwei, drei Jahre nichts mehr von unserem Opa Kürten. Dann aber plötzlich wieder um so mehr. Denn Opa begann nun seine Tochter und deren Mann – er wohnte bei dem jungen Paar im Haus – teuflisch zu schikanieren. Er betrank sich – nach der Währungsreform, gab es überall ja billigen Schabau – und warf dann in seinem Zimmer alles durcheinander.

Nach einem ausgiebigen Gelage riß er nachts sein Fenster auf und brüllte alle Nachbarn zusammen:

„Zur Hilfe, zur Hilfe, ming Dochter well mich ermorde ..." Die arme Frau schlief derweil noch ruhig in ihrem Bett.

Wieder ein anderes Mal stand er mit einer brennenden Petroleumfackel in der Wohnung und drohte alles anzuzünden, wenn ihm sein Schwiegersohn nicht sofort Geld für neuen Schabau gäbe. Und nicht selten wurden wir zur Hilfe gerufen. Wenn Opa Kürten mich dann sah, zuckte er nur verächtlich mit den Mundwinkeln und sagte in gepflegtem Hochdeutsch mit Knubbele: „Diesen Herrn kenn' ich nit mehr!" Aber er gab jeweils Ruhe, wenn wir in der Wohnung erschienen.

Ich schlug seiner Tochter vor, ihn in ein Heim zu bringen. Das wiederum brachte die brave Frau nicht übers Herz. Nur noch einmal war er geneigt, sich mit mir zu unterhalten. Wir trafen uns in der Biberstraße, und ich sprach ihn an: „Immer noch böse, Opa Kürten? Wollen wir nicht wieder Freunde sein?" – „Dat muß ich mir noch schwer üvverläje." Sprach's und humpelte weiter. Bald danach war Opa Kürten tot. Als er seinen letzten Weg antrat, gingen neben mir noch drei meiner Polizeibeamten hinter seinem Sarg. Trotz aller Sorgen, die er uns machte – wir hatten ihn trotzdem liebgewonnen.

Auf die falsche Spur gelockt

Von Zeit zu Zeit bekam ich dienstlichen Besuch vom Zollinspektor Zimmermann. Denn im Severinsviertel geschah auch so manche Straftat, die in den Kompetenzbereich des Zolls fiel. Eines Tages berichtete er mir:

„Wir sind schon seit Wochen hinter einem Mann her, der in Antwerpen zu Hehlerpreisen gestohlene Brillanten aufkauft und über die Grenze schmuggelt.

Der Mann hält sich zur Zeit im Rheinland auf."

„Das Rheinland ist groß, Herr Kollege", gab ich zurück, „weshalb soll er sich ausgerechnet im 1. Polizeirevier aufhalten?"

Doch Zimmermann wußte noch mehr zu berichten: „Vielleicht interessiert Sie der Fall trotzdem. Gestern hat ein Mann einen Teil seiner Steine in Düsseldorfer Bordells verkauft. Dabei erzählte er, daß er auch in Kölner Dirnenkreisen das Geschäft machen wolle. Von den Mädchen in Düsseldorf ließ er sich sogar Adressen von Kölner Kolleginnen geben. Vor allem hier aus der Nächelsgasse."

Das ging mich nun doch etwas an. Aber Zimmermann gab zu bedenken: „Passen Sie auf, der Mann hat zwar einen Klumpfuß und geht am Krückstock, aber er verkleidet sich gern. Mal trägt er eine schwarze, mal eine blonde Perücke, mal hat er eine Brille, mal einen Vollbart, einmal lief er sogar mit einer Augenklappe herum."

„Ist doch kein Problem", sagte ich, „einen Klumpfuß haben nicht viele Leute."

Noch am selben Tag postierten wir zwei Beamte in der Nähe der Nächelsgasse. Und prompt wurden wir wieder um eine Erfahrung reicher: Es gab nämlich unter den Besuchern der Gasse weit mehr Männer mit Beinschäden, als wir annahmen.

Schon nach einer Stunde wurde ein Mann zur Wache gebracht, der einen Klumpfuß hatte. Unsere erste Aufforderung: „Nun legen Sie mal Ihre Perücke ab!" Der Mann schaute uns verständnislos an: „Sind Sie verrückt? Was wollen Sie von mir? Ist es verboten, ins Freudenhaus zu gehen?"

Ich griff in sein volles Haar. Er schrie wütend auf – von einer Perücke keine Spur. Wir durchsuchten ihn – nichts. Zudem hatte er ein handfestes Alibi. Mit vielen schönen Worten mußten wir uns entschuldigen.

Es verging kein Tag, an dem nicht zwei bis drei

Männer mit Gehfehlern zur Wache gebracht wurden. Und jedesmal mußten wir Abbitte leisten.

Die Dirnen bekamen Wind von unserer Aktion: „Macht ihr jetzt Jagd auf die armen Krüppel? Habt ihr nichts Besseres zu tun?“

Von Tag zu Tag war uns die Sache peinlicher. Zudem rief auch noch der Zollinspektor an: „Von eurer Aktion spricht ja schon das ganze Viertel. So fangt ihr den Kerl bestimmt nicht!“

Das glaubte ich inzwischen fast auch schon. Am vierten Tag klopfte es an meine Tür. Ein Polizeibeamter meldete mir: „Die haben wieder einen von der Brillantenjagd mitgebracht. Nebenan sitzt er.“

„Perücke?“ fragte ich. „Bart oder Brille?“ – „Nichts von allem“, gab der Beamte zurück, „ganz normal.“ Ich winkte ab: „Ist doch wieder eine Pleite.“

Ich trat in den Nebenraum, wo der Mann bereits durchsucht wurde. Im Gegensatz zu allen bisher Festgenommenen aber blieb er völlig ruhig, kein Wort des Protestes. Statt dessen ein höhnisches Lächeln: „Suchen Sie bei mir Geheimpapiere? Oder Opium? Oder . . .“

„Oder vielleicht Brillanten“, sagte ich ruhig. Er lächelte wieder: „Brillanten? So, so, dann suchen Sie mal . . .“

Nichts schien den Mann aufzuregen. Und genau das machte ihn in meinen Augen verdächtig. Aber wir fanden wirklich nichts bei ihm. Plötzlich streckte er uns den nackten Hintern entgegen: „Haben Sie vielleicht schon mal da hineingeguckt? Bestimmt auch ein ideales Versteck für Brillanten!“

„Nun reicht's aber“, fuhr ich ihn an. Aber er streckte uns seinen Allerwertesten noch mehr entgegen: „Bitte, bitte, meine Herren, nur zu . . .“

„Hören Sie“, schrie ich ihn voller Wut an, „wir entschuldigen uns bei Ihnen in aller Form dafür, daß wir Sie belästigt haben, aber jetzt ziehen Sie sich sofort an, sofort, verstehen Sie?"

Er tat, als habe er nicht gehört: „Ich bitte auch hinten um Untersuchung", beharrte er. Wir kamen uns ziemlich dumm vor. Was sollten wir denn tun?

Da nahm einer meiner Beamten den Krückstock des Mannes, schwang ihn hoch, als wolle er auf das nackte Gesäß schlagen, stieß dabei aber mit der Krücke gegen ein eisernes Spind. Im nächsten Augenblick gingen uns die Augen über: Die Krücke brach ab, weil sie nur lose aufgesetzt war, und aus dem ausgehöhlten Spazierstock kullerten 14 Brillanten durch den Raum.

„Verflucht!" brüllte der Mann und zog erschrocken seine Hosen hoch. Zu spät. Er war überführt.

Am nächsten Tag stand der Vorfall in der Zeitung, und das ganze Serverinsviertel lachte darüber. Nur rief uns von da ab so mancher Ganove auf der Straße nach: „Schnäuzer, mich kriste nor, wann ich ming Botz erravloße!" Nun, diesen Spott konnte ich gut vertragen.

„Camel" hält siebzehn Kinder am Leben

Eines unserer größten Probleme waren die nicht endenden Diebstähle im Rheinauhafen. Das Problem war um so größer, als viele dieser Diebstähle nicht aus kriminellen Motiven begangen wurden, sondern aus echter Not, aus Hunger. Die Nahrungsmittelrationen, die es auf die Lebensmittelkarten gab, waren ja dürftig genug.

So geschah es – heute kann ich es ja offen zugeben –, daß wir so manches Mal schon ein Auge zudrückten, wenn wir einen Dieb ermittelten und dann feststellen mußten, daß seine Tat ein reiner Verzweiflungsakt war.

Auch beim Kürtchen ließen wir Gnade vor Recht

ergehen. Den munteren und sehr sympathischen Jungen erwischten wir, als er das Hafengebiet mit einem kleinen Sack verlassen wollte, in dem zehn Pfund Zucker waren. Er beantwortete keine unserer Fragen und schaute uns immer nur ängstlich an.

„Rotznas, jangk noh Hus, ich will dich he nie widder sin!" forderte ich ihn barsch auf.

Eine Woche später erwischte ihn einer unserer Beamten abermals im Hafen, ebenfalls mit zehn Pfund Zucker. Kürtchen fand auch diesmal einen milden Gesetzeshüter, aber die Verwarnung war schon eindringlicher. Der Polizist versprach ihm: „Noch eimol – un do krisse!"

Es half nichts. Wenige Tage später wurde Kürtchen zum drittenmal gestellt. Diesmal aber mit vier Stangen Ami-Zigaretten. „Jetzt geht's rund!" wetterte ich. Schnurstracks ging ich zu seinen Eltern. Aber als ich mich im Haus bei den Nachbarn nach der Familie erkundigte, erfuhr ich zunächst einmal, daß Kürtchens Vater noch in russischer Gefangenschaft war. Und dann sagte mir die Nachbarin noch etwas: „Die Frau Dunkel, dat es e janz ärm Minsch. Die wonnt do bovve mit sibbenzehn Pänz. Wie mer die bloß sattkrijje soll . . ."

Ich stieg die steile Treppe hoch. Atemlos oben angekommen, klopfte ich an einer Mansardentür. Dahinter ein Lärm wie in einer unbeaufsichtigten Schulklasse. Mir war klar, daß mein Klopfen von niemandem gehört werden konnte. Also öffnete ich die Tür ohne nochmalige Anmeldung.

Vor mir stand Frau Dunkel, eine richtige Mama, mollig, sauber, ein rosiges Gesicht mit gütigen Augen. In der Hand hielt sie eine Suppenkelle. Über mein Erscheinen zeigte sie sich kaum sonderlich überrascht: „Kutt erenn, Herr Kommissär, und lurt üch ens minge Zirkus aan!"

Obwohl das Mansardenfenster geöffnet war,

erfüllte eine dicke, stickige Luft das Zimmer. Was nicht wundern konnte. An zwei Tischen saßen dicht gedrängt sage und schreibe 17 Kinder, 14 Jungen und 3 Mädchen. Elf Kinder gehörten Frau Dunkel, sechs hatte sie von ihrer Schwester aufgenommen, einer Kriegerwitwe, die schon seit Monaten schwer krank im Krankenhaus lag.

Eines der Kinder erkannte ich sofort. Es war Kürtchen. Er duckte sich über seinen Teller und wagte kaum, in meine Richtung zu schielen.

„Frau Dunkel, das Kürtchen macht mir Sorgen“, eröffnete ich das Gespräch. Sie zuckte mit den Schultern: „Watt soll ich maache, ich kann do nix zo sage ...“

Die Tür eines wackligen Holzschranks war etwas geöffnet. Durch den Spalt erblickte ich bunte Pappkartons. Ich öffnete die Tür: Vor mir lag ein wahrer Schatz, fast kostbarer als Goldbarren, nämlich sieben Stangen Zigaretten der damals so begehrten amerikanischen Marke „Camel“. Da brach es aus Frau Dunkel heraus: „Här Kommissar, domet halden ich ming 17 Pänz am fresse. Un se künnen et mer jläuve, die fresse mer de Hoor vum Kopp. Ich han et bestemp nit leich. Minge Mann, es noch en Gefangenschaff. Wann dä heimkütt, dat weiß d'r leven Himmel."

Das war also wieder einmal eine jener Situationen, in denen es mir ganz und gar nicht Spaß machte, zu solcher Zeit Polizeibeamter zu sein.

Die Zigaretten kamen ohne Frage aus dunklen Kanälen, ich hätte sie beschlagnahmen müssen. Aber ich wußte mit Sicherheit, daß diese dunkle Ware für die Frau mit ihren 17 Kindern lebenswichtig war.

Doch als ich jetzt nach der Herkunft der Zigaretten fragte, bekam ich noch Schlimmeres zu hören. Frau Dunkel berichtete offen, daß das Kürtchen der Maggler der Familie war. Und das machte er so:

Er schlich sich regelmäßig in das Hafengelände ein und stahl dort Zucker und Textilien. Für seine Beute hatte er einen festen Abnehmer: einen Rheinschiffer aus der Schweiz, der das Diebesgut übernahm und mit amerikanischen Zigaretten bezahlte. Und da Zigaretten damals eine härtere Währung waren als Reichsmarkscheine, fiel es dem Kürtchen nicht schwer, für die Camel Butter, Eier, Fleisch und Mehl am schwarzen Markt einzutauschen. Davon lebten Frau Dunkel und ihre 17 Kinder.

„Es dat etwa en Sünd, Här Komissar?" fragte sie mich ebenso vorwurfsvoll wie bittend.

Was sollte ich nur tun? Ich entschloß mich zu einem gewagten Experiment. Ich versprach Frau Dunkel bei allem, was bisher geschehen war, auch bei den sieben Stangen Zigaretten im Kleiderschrank, beide Augen zuzudrücken. Dafür mußte sie mir versprechen: Kürtchen darf sich nie wieder im Rheinauhafen blicken lassen.

Erleichtert versprach sie es. Doch zugleich stöhnte sie: „Un wat maache mer dann? Wovun solle mer levve?" – Ich wußte es auch nicht. Vor dieser Frage standen auch Millionen andere Frauen. Auf keinen Fall konnte ich dem Zwölfjährigen im englischen Standortquartier eine Sondergenehmigung für seine Hafendiebstähle erteilen.

Höchst unzufrieden verließ ich das Haus. Die Geschichte nahm dann doch noch einen bedauerlichen Abschluß. Kürtchen erschien zwar nicht mehr im Hafen, stahl aber von nun ab im englischen Standortquartier, damals im Conti-Haus auf der Aachener Straße. Er wurde erwischt, die Militärpolizei fand bei Frau Dunkel eine größere Menge englischer Zigaretten und Schokolade, und sie wurde vor Gericht gestellt. Der Richter war gnädig. Die Frau brauchte ihre Gefängnisstrafe nicht abzusitzen.

Die Requisiten der frommen Helene

Neun Tage rätselten wir an dem Einbruch in ein Pelzgeschäft herum. Vier sehr wertvolle Mäntel waren gestohlen worden. Das war damals kurz nach der Währungsreform, und für die Einbrecher mußte es doch außerordentlich schwer gewesen sein, diese Mäntel bei einem Hehler unterzubringen. Einmal deshalb, weil das neue Geld noch sehr knapp war, zum anderen, weil eine Frau in einem neuen Pelz sofort auffiel. Wo mochte also die Beute hingekommen sein?

Unserem Revier waren mehrere Kriminalbeamte zugeteilt worden. Vor allem die Kriminalmeister Wilke und Murko erwiesen sich als sehr tüchtige Beamte. Zusammen mit unserem Außenmeister Meschonat hatten sie schon Straftaten aufgeklärt, die zunächst als unaufklärbar erschienen waren. Doch bei den Pelzmänteln schien sie das Glück verlassen zu haben.

Murko hatte nur noch eine Hoffnung: „Es wird

bestimmt einen Neider geben, und von dem bekommen wir dann schon den richtigen Tip." – „Schön wär's", sagte ich ungläubig.

Wie gesagt, neun Tage fahndeten und hofften wir, ohne Erfolg. Am zehnten Tag klingelte das Telefon: „Sit er noch die Pelze am söken? Dann jangk doch ens bei et fromme Helene. Die hät jett, wat üch bestemmp interessiere deit . . ."

Dann war die verstellte Frauenstimme weg. Im Telefonhörer war nur noch ein Rauschen.

„Die fromme Helene?", fragte ich Murko. Er grinste: „Warum eigentlich nicht?" Ich war skeptisch: „Die ist zwar als Hehlerin bekannt, aber die macht doch nicht so heiße und teure Sachen."

Murko zeigte sich hartnäckig: „Wir sollten trotzdem hingehen."

Also gingen wir zum Weichserhof. Noch unterwegs zweifelte ich: „Die hat sicherlich keine Nerven mehr für so etwas . . ." – Murko winkte ab: „Ich glaube nur, was ich sehe."

Und auch Wilke pflichtete seinem Kollegen bei: „Die Alte kenne ich, eine alte Schauspielerin, die mit ihrer Heuchelei jeden einwickelt. Eine Zunge wie ein Schnellfeuergewehr, Fingernägel wie Raubtierkrallen. Die ißt kaum noch was, aber ständig dampft bei ihr der Bohnenkaffee, und die Amis gehen nicht aus."

Höchst unwillig öffnete uns die etwa 65jährige Frau, die wie eine 90jährige aussah. Unwirsch knurrte sie uns an: „Wat es dann he loß? Dat reinste Aufjebot, wat soll dä Aufzoch, Herr Kommissär?"

Die Frau, nur mit einem sehr teuren, aber alten Morgenmantel bekleidet, hüpfte sofort ins Bett, schlug eine dicke Bibel auf und war in deren Inhalt tief versunken. Weil sie meist nach der Bibel griff, wenn die Polizei zu ihr kam, hatte sie auch den Spitznamen „fromme Helene" erhalten.

Dann folgten ein langer keuchender Husten und die

Aufforderung: „Lot mich ens en Rauh, mir ies et nit jot.“

Wir sprachen von den vier Pelzmänteln. Ein heiseres Lachen war die Antwort: „Loot doch noh, wann Ihr meint, bei mir wör jet em Schrank.“

Unter dem ungewöhnlich dicken Federbett zog sie die Beine an, dann hustete sie wieder mitleiderregend und vertiefte sich abermals in die Bibel. Die Luft im Zimmer war stickig, es stank nach kaltem Zigarettenrauch.

Murko öffnete den Kleiderschrank – nichts. Wir schauten unter das Bett – nichts, wir rückten das alte Sofa von der Wand – nichts. Überall kramten wir herum. Nirgendwo eine Spur von den Pelzmänteln. Die Sache wurde uns zunehmend peinlicher, zumal die Frau mit heiserer Stimme immer lauter aus der Bibel vorlas:

„Bringt Eure Sache vor, so spricht der Herr. Legt vor Eure Beweise, so spricht der König Jakobs. Sie mögen nähertreten und uns künden, was sich ereignen wird . . .“

Ich fiel ihr ins Wort: „Die Beweise bekommen Sie schon, verlassen Sie sich darauf. Wenn nicht heute, dann morgen.“ Die „fromme Helene“ zeigte sich unbeeindruckt und las laut weiter: „Seht, nichtig sind sie alle und nichtig ist ihr Tun, und ihre Bilder sind Tand und leerer Schein.“

„Jetzt nimmt sie uns noch auf den Arm“, knurrte Meschonat. Da blickte mich die fromme Helene tieftraurig an: „Leeven Schnäuzer, Se sin doch, ich kann kaum op minge Bein stonn, nä, nä, dat Jeschäff met dr Hehlerei is lang am Engk, dat künne Se mer jläuve . . .“

Taten wir der alten Frau wirklich unrecht? Auf einer Kommode lag ein großer Haufen Arzneischachteln. Etwas gedankenverloren nahm ich einige der Packungen in die Hand. Aber jede war leer. Noch dachte ich mir nichts. Höflich verabschiedeten wir uns. Ich schwor mir, nie wieder die „fromme Helene" zu verdächtigen.

Auf der Straße schauten wir uns unsicher an: War alles wirklich nur eine Panne? Meschonat sagte fast mitleidig: „Was die für Arzneien schlucken muß! Habt ihr die vielen Medikamente gesehen?"

Da stieg in mir ein neuer Verdacht hoch. Sollte es sich nur um uralte Packungen gehandelt haben, die die „fromme Helene" als Requisiten für ihre Schauspielerei benötigte? Und dann sagte Wilke: „Und was für ein dickes Federbett die hat . . ."

Meinen soeben geleisteten Schwur vergessend, sagte ich in plötzlicher Erregung: „Los zurück. Die Sache stinkt mir."

Wieder öffnete uns die „fromme Helene" in größter Ruhe, und wieder hüpfte sie sogleich ins Bett zurück.

„Die Bettdecke hoch!", schrie ich.

„Wat ene Strolch! Do küt ene Käl vun dr Schmier un will mir ahle Frau Jewalt ahndon, sujet jitt et doch janit."

„Keine Faxen", rief Meschonat und zog tatsächlich das dicke Federbett zur Seite. Und siehe da – eng zusammengerollt lagen hier unsere vier Pelzmäntel.

„Och", sagte die „fromme Helene" und machte ein Gesicht, als wären die Mäntel eben erst in ihr Bett gelegt worden.

„Och", sagte auch ich, „da helfen auch keine Bibelverse mehr."

Wütend warf die Frau die Bibel zur Seite. Wir verzichteten darauf, sie festzunehmen und bestellten sie für den nächsten Vormittag zur Vernehmung auf die Wache, wo sie dann auch pünktlich erschien und alles zugab.

Zum Gerichtsprozeß kam es nicht mehr. Als man ihr die Ladung zustellen wollte, lag sie schon drei Wochen auf dem Friedhof.

Der Jockei und das Mädchen

Als ich ihn kennenlernte, war er einer der großen Stars auf den Pferderennbahnen. Er war überhaupt einer der ersten deutschen Jockeis, die damals wieder ins Ausland reisen durften, um auch dort auf dem Rücken edler Pferde zu starten. Er wurde allgemein Pluto genannt. Bei allen, die sich für Pferderennen interessierten, war er beliebt, bei seinen Jockei-Kollegen weniger. Er galt zwar als sehr erfolgreich, aber auch als eiskalt.

Auch ich hatte nie sonderlich das Gefühl gehabt, Pluto sei ein Mann von übermäßiger Herzlichkeit. Er wohnte damals in der Zwirnerstraße, nicht weit weg von unserer Wache. Ab und zu begegneten wir uns, wobei sich das Gespräch natürlich meist um Pferde drehte. Pluto berichtete dann von seinen Erfolgen, aber er tat das so sachlich, so unbeteiligt, als sei dies alles eine höchst selbstverständliche Angelegenheit.

Und ausgerechnet dieser Mann, dieser eiskalte Sportler, bei dem nur der Verstand und keinerlei Gefühl eine Rolle zu spielen schien, wäre beinahe an einer Frau vollends zugrunde gegangen.

Pluto, der äußerst sparsam lebte, sich kaum etwas gönnte, konnte schlichtweg als reich bezeichnet werden. Kein Wunder, daß viele hübsche Frauen nach dem Junggesellen ihre Köpfe verdrehten. Aber Pluto ging eisern allen Annäherungsversuchen aus dem Wege.

Bis zu dem Tag, an dem er Uschi kennenlernte. Da war es plötzlich um ihn geschehen. Er stellte sie mir als seine Braut vor. Ich erblickte das hübsche Mädchen – und erschrak. Uschi war sozusagen polizeibekannt.

Als Arzthelferin eines Facharztes in der Südstadt war sie dem Rauschgift verfallen – das gab es auch schon damals, wenn auch nicht so oft, wie es heute der Fall ist –, dann beim Fälschen eines Rezeptes entdeckt, verurteilt und in eine Anstalt überwiesen worden.

Ich hatte geglaubt, in dieser Entwöhnungsanstalt sei sie noch immer. Als Pluto sich bei unserer Vorstellung einmal abwandte, flüsterte sie mir aufgeregt zu: „Nun sagen Sie nichts. Ich bin als geheilt entlassen. Aber er soll es niemals erfahren."

Warum sollte ich dem Mädchen, wenn es jetzt offenbar wieder vernünftig geworden war, die Chance verbauen, den reichen Pluto zu heiraten? Ich versprach zu schweigen.

Uschi zog in Plutos Wohnung, und der Jockei erfüllte ihr jeden Wunsch. Dabei hatte Uschi eigentlich immer nur einen einzigen Wunsch: Geld. Pluto gab, ohne nach dem Zweck zu fragen.

Nach einigen Wochen traf ich ihn wieder. „Noch immer glücklich?" fragte ich schmunzelnd. Er strahlte: „Mensch, Schnäuzer, und wie! Das ist die herrlichste Frau der Welt. Nächstes Jahr wollen wir heiraten." Nur setzte er etwas nachdenklich hinzu: „Aber so eine Frau kostet ja auch eine Menge Geld."

Der eiskalte Pluto als großzügiger Liebhaber? Wie sich Menschen doch verändern können, dachte ich.

Aber warum war Uschi nur so teuer? Wenn ich sie sah, konnte ich an ihr weder übermäßig elegante Garderobe noch kostbaren Schmuck feststellen. Ich begann etwas zu ahnen.

Wieder traf ich Pluto. Ich fragte schon direkter: „Kostet Uschi immer noch soviel Geld?" Er winkte resigniert ab: „Mensch, mein Bankkonto wird immer kleiner." – Da ging ich aufs Ganze: „Ja, wofür denn?" Er schwieg. Ich ließ nicht locker: „Spritzt sie wieder?" Erschrocken schaute er auf: „Sie wissen das?" Ich nickte. Und da brach es aus ihm heraus. Jawohl , sein ganzes Geld ging für Uschis Heroinspritzen drauf. Und ohne diese Spritzen war sie nur noch ein Schatten ihrer selbst.

„Die muß sofort wieder in die Anstalt", beschwor

ich ihn. Er wollte nichts davon wissen: „Lassen Sie mal, Kommissar, das kriege ich auch so hin. Ich habe sie so lieb, daß ich es bestimmt schaffe, sie vom Wahnsinn dieser Sucht zu überzeugen."

Ich glaubte es nicht. Aber noch unternahm ich nichts. Eine Woche später war ich jedoch zum Handeln entschlossen. In einem An- und Verkaufsgeschäft am Chlodwigplatz entdeckte ich im Schaufenster drei silberne Becher. Die Siegestrophäen waren graviert und verrieten den ehemaligen Besitzer: Es war Pluto.

Der Händler gab mir bereitwillig Auskunft: „Das ist so ein irrer Jockei. Der bringt mir laufend seine Siegerpreise. Der ist dauernd knapp bei Kasse. Ein komischer Vogel. Der müßte doch reichlich verdienen . . ."

Ich wußte genug. Pluto war also am Ende. Sofort benachrichtigte ich das Gesundheitsamt. Das Mädchen mußte sofort abgeholt werden. Aber Pluto hatte wohl Wind davon bekommen. Als wir in seine Wohnung kamen, war Uschi nicht mehr da. Weinend und zitternd ging Pluto auf mich los: „Sie Schuft, haben Sie es doch verraten. Aber ich schwöre Ihnen – niemand wird Uschi finden. Sie gehört zu mir und bleibt bei mir!"

„Mann, seien Sie doch vernünftig, ihr macht euch doch beide kaputt", redete ich beschwichtigend auf ihn ein. Vergeblich. Pluto war einem Nervenzusammenbruch nahe.

So sehr wir auch nach Uschi suchten – wir fanden sie nicht. Und Pluto zahlte weiter. Ich erfuhr, daß er Schulden machte. Gläubiger kamen zu mir auf die Wache und klagten ihre Sorgen: „Bei dem ist ja überhaupt nichts mehr zu holen."

Wenige Tage danach brach Pluto auf der Straße zusammen. Mit Schlaftabletten hatte er einen Selbstmordversuch unternommen. Dann fanden wir auch Uschi. In einem möblierten Zimmer, das Pluto für sie gemietet hatte, lag sie schon im Delirium, weil sie kein Heroin mehr bekam. Sie starb ein Jahr später in der Anstalt.

Pluto konnte gerettet werden. Wir treffen uns auch heute noch von Zeit zu Zeit. Er wurde nie mehr Jockei, aber auf allen großen Rennen ist er immer noch zu finden. Und seine Tips sind Gold wert.

Rheingold-Trinchen und das Ofenrohr

Als ich einmal mit meiner Frau durch den Rheinpark spazierte, sprach mich plötzlich eine Frau an: „Jo sach ens, dä Schnäuzer! Herr Kommissar, erkenne Se mich nit mieh?"

Ich war zuerst etwas ratlos, dann dämmerte es mir: die etwa fünfzig Jahre alte Frau war keine andere als „dat Rheinjold-Trinchen". Freilich sah sie jetzt anders aus als damals, als sie mir mehr als einmal Sorgen bereitete. Und plötzlich fiel mir auch wieder die Geschichte mit dem Ofenrohr ein. Ein Vorfall, der mich wirklich zornig gemacht hatte, obwohl man heute darüber nur noch lachen kann.

Es war im Dezember, wenige Tage vor Weihnachten. In den Straßen lag Schneematsch, im Rheinauhafen kreischten hungrige Möwen, die Menschen hatten den Mantelkragen hochgeschlagen und waren auf jedes Stück Holz scharf, das man verfeuern konnte.

In unser Revier in der Zwirnerstraße kamen zwei englische Militärpolizisten. Erregt schlugen sie mit ihren weißen Schlagstöcken auf meinen Tisch. Sie verlangten unsere Hilfe.

Was war geschehen? Ein britischer Soldat hatte sich von einem blonden Mädchen überreden lassen, sie in ihrem zugigen Dachzimmer zu besuchen. Nicht für Geld, versteht sich, sondern für zwei Packungen Camel. Geld war damals gar nichts, Zigaretten waren alles.

Das war ja alltäglich und hätte keineswegs die Militärpolizei in Harnisch gebracht. Doch als der Soldat das Haus verlassen hatte, stellte er plötzlich fest, daß aus seiner Pistolentasche die Waffe gestohlen worden war. Er lief sofort zurück, aber vom blonden Mädchen war keine Spur mehr zu entdecken. Die Tür war verschlossen.

Jetzt sollten wir helfen. Die Militärpolizisten gaben

uns die Adresse, gemeinsam gingen wir zur Annostraße. Und wer wohnte in dem zugigen Dachkämmerlein? Dachte ich es mir doch gleich: „Rheingold-Trinchen", eine üppige Blondine, die ihr Geld vornehmlich bei Besatzungssoldaten verdiente.

Natürlich war Trinchen auch jetzt nicht da. Aber ich kannte ihr Stammlokal, das direkt am Rhein lag: die „Hött".

Wir holten uns noch einige Mann zur Verstärkung, denn ich wußte, was einen Polizisten in der „Hött" erwarten konnte. Zwei Mann sicherten den hinteren Ausgang, zwei Mann blieben vor dem Eingang stehen, wir übrigen, auch die Militärpolizisten, betraten die Wirtschaft. Mitten im Raum glühte ein Kanonenofen, dessen Rohr meterlang an der Decke entlanglief.

Sofort war es mäuschenstill in der Kaschemme. Die Wirtin rief mir giftig zu: „Wat es dann allt widder?" – „Wo ist das Rheingold-Trinchen?" fragte ich streng. Durch den vollbesetzten Schankraum ging ein Geraune. Die Atmosphäre war alles andere als freundlich. „Is nit he!" brummte ein gefährlich aussehender Kerl. Ich sah, wie er seine Fäuste ballte. Aus einer Ecke kreischte eine Dirne: „Jeck, mach dat de fottküß!"

Die Stimmung wurde immer feindseliger. Plötzlich faßte mich einer der Militärpolizisten am Arm und deutete unter einen Tisch: „Hallo, was macht das Girl dort? Warum unter dem Tisch?"

Ich schaute hin: Tatsächlich, unter einem Tisch kauerte das Rheingold-Trinchen. Im nächsten Augenblick sprang der Kerl auf mich zu und holte mit der Faust aus. Er konnte nicht wissen, daß ich schon damals ein Judo-Experte war. Ein schneller Griff zwischen Arm und Beine, und in hohem Bogen flog er gegen den heißen Ofen. Laut brüllte er auf, laut brüllte auch die ganze Wirtschaft los. Denn was jetzt kam – wer hätte damit gerechnet?

Krachend löste sich nämlich das fast acht Meter lange Ofenrohr aus seiner provisorischen Halterung, stürzte von der Decke herab, und der ganze Raum war pechschwarz. Kiloweise verteilte sich der Ruß bis in den letzten Winkel. Wir sahen aus wie die Johnnys in einer Negeroper.

Alle sprangen hoch, wodurch der Ruß noch zusätzlich durcheinandergewirbelt wurde. Nach wenigen Sekunden sah man überhaupt nichts mehr.

Ich bekam Schläge gegen den Kopf, gegen den Leib, Fußtritte gegen die Beine, und ich teilte ebenso Schläge und Fußtritte aus. Daß mein erster Boxhieb den einen Militärpolizisten traf, merkte ich erst später. Daß ich plötzlich von den starken Armen meines Wachtmeisters Kilb umklammert wurde, der natürlich glaubte, den Zuhälter gefaßt zu haben, merkte er auch erst später.

Irgend jemand schüttete Bier auf uns, und ein Besoffener sang brüllend: „Heidewitzka, Herr Kapitän!"

Heidewitzka, das hätte aber auch wirklich schiefgehen können. Doch als sich allmählich der Ruß setzte, sah ich, daß meine Leute sich doch ganz schön durchgesetzt hatten. Der Zuhälter trug bereits Handschellen an den Armgelenken, und auch Rheingold-Trinchen war uns nicht entwischt. Aber mein Gott, wie sah die schmucke Blondine aus? Wachtmeister Kilb spottete: „Aus dem Rheingold-Trinchen ist unsere Erdal-Königin geworden." Ich lachte laut, worauf mich das Trinchen anzischte: „Un do sühs us wie dä Sarotti-Mohr!" Jetzt lachten die anderen. Tatsächlich, ich war sozusagen ganz in Schwarz. Und jetzt lachten wir alle. Selbst das Trinchen.

An diesem Abend fuhr ich mit meinem Fahrrad auf Umwegen nach Haus. So wie ich aussah, wäre der Schnäuzer zum Gespött aller Leute geworden. Übrigens: Den Verbleib der Pistole konnten wir später aufklären.

Und als ich jetzt das Trinchen als füllige Frau im Rheinpark wiedertraf, lachten wir noch einmal so herzlich und laut, daß alle Spaziergänger verwundert zu uns herüberschauten. Daß Trinchen längst verheiratet und Mutter von drei wohlerzogenen Söhnchen war – was sie mir stolz erzählte –, stimmte mich froh.

Ein Kriminalbeamter verliert die Geduld

Ich schilderte bereits, wie schwer es manchmal war, gegen Schwarzmarktgeschäfte vorzugehen. Auch wir Polizeibeamten schoben Kohldampf und wußten, daß die Triebfeder solcher Straftaten nicht immer ein kriminelles Motiv war.

Weniger schwer fiel es uns dagegen, wenn wir es mit Magglern zu tun hatten, die mit dem Hunger der Bürger ihr eigenes lukratives Geschäft machten. Wie zum Beispiel eine Frau mit dem schönen polnischen Namen Bronislawa Chechinskie. Besagte Bronislawa, etwa 35 Jahre alt und gar nicht unattraktiv, kam als Volksdeutsche während des Krieges nach Ehrenfeld.

Hier wurde sie ausgebombt, und als der Krieg zu Ende war, wohnte sie in einer Behelfswohnung in der Großen Witschgasse. Und plötzlich legte sie auf ihre bis dahin so betonte deutsche Staatsangehörigkeit keinen Wert mehr; überall gab sie sich – trotz ihres deutschen Personalausweises – als Polin aus.

Offenbar kam sie auf diese Weise in den Besitz mancher Privilegien; sie konnte es sich jedenfalls leisten, einen schwunghaften Schwarzhandel mit Lebensmitteln zu treiben.

Dementsprechend groß war die Wut der Nachbarn. Von denen bekamen wir auch eines Tages den Tip: „Macht mal bei der Chechinskie eine Hausdurchsuchung. Da ist die ganze Wohnung voll mit Schokolade und Kaffee. Das riecht man im ganzen Haus."

Wir zogen also zur Großen Witschgasse. Wir, das waren der Kriminalbeamte Murko und ich. Und da damals alles noch sehr langsam ging, konnten wir mit der Durchsuchung erst am Abend beginnen. Zu spät, wie sich bald herausstellen sollte. Im Hausflur fing uns eine Nachbarin ab: „Dat hät jetz keine Zweck mieh. Vür einer Stund han se met enen Lkw die janze Keste avjeholt. Die hät ens widder alles vermaggelt."

Es war wirklich so. Wir durchsuchten die Wohnung, Keller und Speicher. Nichts. Außer einigen Delikatessen, von denen Bronislawa ungerührt sagte: „No, das hab ich von meine Freund. Is Offizier bei polnische Mission in Düsseldorf. Und Freund kann mir schenken, was will. Geht deutsche Schweine nix an." – Aber wenn schon die Ware kurz vor unserem Eintreffen vermaggelt worden war – wo war dann wenigstens das Geld? Unsere Fragen schienen sie gar nicht zu interessieren. Sie schüttete sich seelenruhig einen Kaffee auf.

„Für die Ware müssen Sie doch Geld bekommen haben. Wo ist das Geld?" Sie lachte: „No, mußt du suchen. Wenn nix finden, dann ich nix Ware gehabt und auch kein Geld. Was also wollen hier, hä?" Mein Gott, duftete der Kaffee. Eine Dose Ölsardinen kam zum Vorschein. Ich hatte nie gewußt, wie lecker auch die riechen können. Und Weißbrot. Appetitlich hell und knusprig. Und Butter. Goldgelb, wie ein Goldklumpen . . .

„Und woher haben Sie diese Sachen?" fragte ich wütend. „No, hab ich schon gesagt, alles von Freund."

Sie kaute mit vollen Backen. Ich dachte an meine kärgliche Ration Maisbrot. Dann holte das Weibsstück einen Schinken hervor. Einen Schinken, wie ich ihn einladender mein ganzes Leben nicht gesehen

hatte. Und was für eine dicke Scheibe sie sich abschnitt, diese Satansseele.

Sie grinste uns frech an: „Ihr haben Hunger? No, wenn Krieg verspielt, dann immer Hunger. Wir Polen nix Krieg verspielt. Also wir gut essen . . .“

Ich hätte sie umbringen können. Und das Weib fraß noch immer weiter, obwohl wir sie verhörten. Zu guter Letzt holte sie aus dem Schrank einen Rodonkuchen.

„Hör'n Sie auf mit der Fresserei, wir haben hier eine dienstliche Vernehmung!“ schrie Murko außer sich. Wiederum grinste sie: „No, du tun vernehmen, ich essen. Können wir machen beides.“ – Der Frau war nicht beizukommen. Das Geld war nirgends zu finden.

Und da geschah es. Als wir gehen wollten, schaute sie uns, auf den Kuchen zeigend, höhnisch an: „Schöner Kuchen, nich wahr, aber nix für deutsche Schweine." Da verlor Murko die Beherrschung. Wütend riß er das Tischtuch herunter. Kuchen, Schinken, Ölsardinen, Butter und Weißbrot lagen in einer Bohnenkaffeelache. Und siehe da: Zugleich flatterten Hundertmarkscheine im Wert von 67000 Mark zu Boden, die unsere Bronislawa unter der Wachstuchdecke säuberlich verteilt hatte.

Ich konnte dienstlich werden: „Das Geld ist wegen Verstoßes gegen das Bargeldgesetz der Militärregierung beschlagnahmt!" Wie sie zeterte, wie sie fluchte, und wie wir uns freuten! Eine Woche später verließ Bronislawa Köln. Niemand, der ihr nachgetrauert hätte.

Die Belohnung ging an die falsche Adresse

Es war ein sonniger Morgen im Mai, als mir in der Wache Gimborns Hein gegenübersaß. Natürlich mit dem unschuldigsten Gesicht, das man sich vorstellen kann, obwohl ich mich bemühte, ihm einen Fahrraddiebstahl zu beweisen.

Immer wieder kreuzte er beide Hände über der Brust und versicherte treuherzig: „Leeven Här Kommissär, wie köm ich dann dozo? Also dat es doch ens wirklich . . . Leeven Här Schnäuzer, ich dät mer leever de Häng avhacke, also wirklich . . ."

So stritten wir herum, als plötzlich die Tür aufging und ein auffallend sportlich und gut gekleideter Herr eintrat. „Hälloh", sagte er, als seien wir alte Bekannte, dann nochmals „Hälloh", und er bot mir eine Camel an. Gimborns Hein streckte sofort die Hand aus und bekam natürlich auch eine. Damit nicht genug. Mit den Worten: „Här Kommissär, Se sin' doch Nichtraucher", nahm er mir meine Zigarette sogar wieder aus der Hand und steckte sie in seine Tasche. Der Fremde stellte sich vor: „Scott, Larry Scott, aus Boston.“ Und dann erzählte der Amerikaner eine lange Geschichte.

Schon einmal sei er in Köln gewesen, in der zweiten Märzhälfte 1945. Wenige Tage nach der Einnahme Kölns durch die Amerikaner. Als Verbindungsoffizier zwischen den Einheiten in Köln und Bonn war er in einem Jeep zwischen beiden Städten ständig unterwegs.

Dann kam jener Abend, da Larry Scott dem Whisky mehr zusprach, als er es hätte tun dürfen. Und prompt raste er mit seinem Jeep gegen eine Hausmauer. Wo – das wußte er nicht mehr genau, nur soviel: In der Nähe einer Schokoladenfabrik. Das konnte also nur Stollwerck sein.

Dann sei plötzlich eine Krankenschwester aus einem Haus gekommen, habe ihm gut zugesprochen und seinen blutenden Kopf und zerschundenen Körper liebevoll verbunden.

Dennoch hatte die barmherzige Samariterin dann noch großen Ärger mit einem Offizier der Militärpolizei bekommen. Nachts war nämlich über die deutsche Bevölkerung eine Ausgehsperre verhängt worden. Und diese Sperre hatte die gute Schwester nun durchbrochen. Auch, daß sie es tat, um einem schwerverletzten amerikanischen Offizier zu helfen, schien den Militärpolizei-Offizier zunächst kalt zu lassen. Nach zwei Tagen wurde der Schwester dann allerdings doch der Dank der Army ausgesprochen – und sie bekam ein Eßpaket.

Mister Scott sah sie nie mehr wieder, das heißt, er hatte sie überhaupt nie gesehen, da es zur Unfallzeit Nacht und er betrunken und dann bewußtlos gewesen war.

Er wußte nur eines: Das Mädchen hieß – na wie schon, wenn so etwas in Köln geschieht – natürlich Schmitz. Mehr wußte der gute Larry nicht. Und nun war er auf einem Europa-Trip, bei dem er selbstverständlich auch „Lady Smith“ wiedersehen wollte, um sich bei ihr zu bedanken.

Nun finde mal einer in Köln diese Lady Smith. Die Vermutung, daß sie im Vringsveedel wohnte, lag durch den Unfallort nahe. Aber, das war schon drei Jahre her. Und selbst, wenn es erst vor einer Woche gewesen wäre ...

Ich muß ziemlich dumm dreingeschaut haben, denn der Amerikaner blickte mich fassungslos an: „Uas isst? Du ueißt nicht? Ich denke, du sein hier der Sheriff? Ich nicht verstähn ...“

„Lot dä Jung doch nohdenke“, tadelte ihn Gimborns Hein und machte ebenfalls ein angestrengtes Gesicht. Dann hellte sich seine Miene auf: „Dat maache mer schon, waad ens av!“

Er schlug vor, sich den ganzen Tag über im Vringsveedel umzuschauen, überall nachzufragen, vor allem in der Nachbarschaft von Stollwerck.

Der Ami strahlte: „Okay, you are okay!“ Und schon hatte Hein die ganze Packung Camel in seinem Besitz. Beide verließen die Wache. Ich war an sich froh, von dieser aussichtslosen Suche nach der Krankenschwester entbunden zu sein.

So froh, daß mir nicht der kleinste Argwohn kam. Dabei hätte ich mir wirklich denken können, daß Gimborns Hein, der Westentaschenganove, ein krummes Ding drehen werde. Er drehte es wirklich.

Den Larry Scott bat er um einen Tag Frist. Am nächsten Tag präsentierte er ihm tatsächlich die Krankenschwester Schmitz. Maria Schmitz, sogar in Schwesterntracht. Und natürlich erinnerte sich Maria an die Märznacht 1945, an den Unfall. Auf der Bayenstraße war es damals geschehen. Gemeinsam gingen Maria, Hein und der Amerikaner zu jener Stelle, wo der Jeep in die Trümmer gerast war.

Und dann brach Maria in bittere Tränen aus, als sie nämlich erzählte, wie schoflig sich damals der Captain der Militärpolizei ihr gegenüber benommen hatte. Larry war untröstlich und schimpfte: „Das uar ein Hundesohn, ein Bastard . . .“

Die drei waren ein Herz und eine Seele. Glücklich verließ Larry Köln. Und verließ zwei Menschen, die noch glücklicher waren als er. Denn an dem Versprechen, künftig Maria und Hein mit amerikanischen Naturalien zu versorgen, war nicht zu zweifeln. Ich hätte schon damals etwas ahnen können, aber ich tat es nicht. Zwar traf ich Gimborns Hein einige Tage später: „Wie ging das mit dem Ami aus?“

Geringschätzig zog er den Mund herab und log: „Dä Jeck do! Als wenn ich he e Mädche von drei Johr zorück finge künnt. Dat han ich dem och jesaht, un do wor hä zofridde . . .“

Den Fahrraddiebstahl konnte ich ihm auch später nicht nachweisen. Dafür aber das krumme Ding mit dem Amerikaner aus Boston.

Allerdings erst einige Jahre danach. Da stand nämlich ein Reporter der amerikanischen Soldatenzeitung „Stars and Stripes“ vor mir und wollte die Adresse von Heinrich Gimborn und Maria Schmitz haben. Der Mann verkündete aufgeregt: „Ich uill schreiben eine wonderful story.“

Er meinte die Story von der Rettung des amerikanischen Offiziers Larry Scott durch eine Kölner Krankenschwester. Diese Rettung hatte ja tatsächlich stattgefunden. Aber nicht durch jene Maria Schmitz, die Gimborns Hein dem Amerikaner vorgeführt hatte. Diese Maria Schmitz war nämlich eine Cousine von Heinrich Gimborn und von Beruf Kellnerin im Williamsbau an der Aachener Straße. Die Tracht der Krankenschwester hatte sie sich eigens für den Auftritt vor dem Amerikaner geliehen. Und was damals in der Märznacht geschehen war, hatte Hein sich von Larry Scott vorher genau erzählen lassen. Maria brauchte dann nur noch nachzuplappern.

Die Maskerade hatte sich ausgezahlt: Jahrelang erhielten Hein und Maria aus Boston Lebensmittelpakete. Bis dann Larry Scott nichts mehr von sich hören ließ.

Als aber der amerikanische Reporter die Geschichte schreiben wollte, wurde es Gimborns Hein und seiner Cousine doch zu heiß. Sie waren wie vom Erdboden verschwunden.

So ist die „wonderful story" nie geschrieben worden. Hein beichtete mir Wochen danach, wie es wirklich zugegangen war.

Ich konnte mir das Lachen nicht verbeißen. Eine Anzeige war ohnehin sinnlos, da diese nur Larry erstatten konnte.

Maria ist noch heute Kellnerin. Und Hein fuhr jahrelang als Obsthändler mit einem Karren durch die Stadt, bis er bei einem Autounfall ums Leben kam.

Wäjen dr Schand vör dr Nohberschaff

Jedes Jahr zu Weihnachten erhalte ich eine Glückwunschkarte aus Chicago. Absender: Berty Groove. Und das seit nunmehr 24 Jahren. Berty, die einst ein echtes kölsches Mädchen vom Ubierring war und damals noch schlicht Tina hieß, ist fest davon überzeugt, daß sie mir ihre Ehe mit Jimmy Groove verdankt, einem Farbigen, dem es in Chicago als Autoverkäufer mehr als gut geht.

Berty, Mutter von zwei Söhnen, die heute studieren, wird nicht müde, mir immer wieder mitzuteilen, daß sie glücklich sei. So glücklich wie zu jener Zeit, als sich ihr Vater mit der Heirat endlich einverstanden erklärte. Aber bis das soweit war, bis der grimmige Tünn seinen Widerstand gegen die Heirat seiner Tina mit dem amerikanischen Sergeanten Jimmy Groove aufgab – das ist ein Verzällchen für sich.

Während des Krieges waren Tünns Frau und Tochter Tina in Köln ausgebombt worden; bei Verwandten in Bitburg fanden sie Aufnahme. Der Krieg ging zu Ende, Vater Tünn kehrte aus französischer Gefangenschaft zurück, fand es aber besser, daß die Familie zunächst in Bitburg blieb, da er in Köln keine Wohnung finden konnte. Er selbst arbeitete im Rheinauhafen und hauste mit zwei anderen Arbeitern in einem Kellerloch an der Bayenstraße.

In der Zwischenzeit war aus dem kleinen Tinchen ein hübsches junges Mädchen geworden, das in einer amerikanischen Kantine in Bitburg Aushilfskellnerin wurde. Und dort lernte sie Jimmy kennen, einen kaffeebraunen Sergeanten, der eine Stimme wie ein Reibeisen, aber das Gemüt eines Kindes hatte.

Schließlich fand Tünn in der Annostraße wieder eine Wohnung, Frau und Tochter kamen nach Köln zurück.

Doch als dann an einem Samstag plötzlich auch Jimmy vor der Tür stand und sich von Tina ihrem Vater vorstellen lassen wollte, bekam der ohnehin zum Jähzorn neigende Tünn einen seiner gefürchteten Anfälle.

Wir machten gerade eine Streife und kamen zu dem Haus, vor dem sich schon die Nachbarn hämisch grinsend versammelt hatten. „Dä Tünn es singe Schwiegersohn am kapottschlage“, rief mir grinsend eine Frau zu.

Man hörte auf der Straße tatsächlich einen beängstigenden Lärm aus dem Haus. Zu zweit stiegen wir zur Wohnung hoch. Und dann bot sich uns ein ungewöhnlicher Anblick. Im Treppenhaus stand, wie an die Wand genagelt, voller Angst der Sergeant, vor ihm tobte Tünn mit hochrotem Kopf, während Frau und Tochter ihn jedesmal an den Armen zurückhielten, wenn er den Soldaten verprügeln wollte. Der arme Amerikaner zitterte am ganzen Leibe.

„Mann, seien Sie vernünftig, Sie dürfen keinen Angehörigen der Besatzungsmacht angreifen!“ brüllte ich ihn an. Da schrie der wilde Tünnemann zurück: „Wat es? Dat darf ich nit? Met su nem schwazze Kaminsfejer han ich nix am Hötche! Do kann sich och ene Polizist op de Kopp stelle, ming Tina krit die Schokolade-Aaap noch lang nit!“

Zunächst einmal gelang es mir, den zitternden Amerikaner unbeschadet aus dem Haus zu bringen. Dann nahm ich mir Tünn vor. Aber es war sinnlos. „Sune Nejer es schlemmer wie ne Pimock“, tobte er weiter.

„Dobei es dat su ene leeve Käl“, weinte seine Frau, während Tina schneeweiß, aber mit verbissenem Gesicht schweigend unserer Unterhaltung zuhörte.

„Aus dieser Liebesromanze wird wohl nicht viel werden“, dachte ich, als ich das Haus verließ. Ich ahnte allerdings nicht, daß mir Tinas Liebe zu Jimmy noch einigen Ärger bereiten werde.

Tünns Nachbarn beschwerten sich immer häufiger in der Revierwache: „Dä es widder de Möbel am useinandernemme, Här Kommissär, su jeiht dat nit wigger. Wäje däm Tina mäht dä uns all noch verröck.“

Dabei war Tünn ein braver Hafenarbeiter und treusorgender Familienvater. Aber daß seine Tina einen Farbigen heiraten wollte, brachte ihn um den Verstand.

„Menschenskind, das ist sicherlich ein ungewohntes Gefühl“, redete ich auf ihn ein, „aber wo die Liebe hinfällt . . .“

„Nix, nix, nix“, brüllte er schon wieder los und stürmte fluchend aus der Wachstube.

Tina aber traf sich weiter heimlich mit ihrem Jimmy, der unentwegt an seinen freien Tagen nach Köln kam. Ich traf beide eines Tages auf der alten Opernhausterrasse am Rudolfplatz. Ich schlug beide Hände über dem Kopf zusammen: „Mädchen, wenn dein Vater dich erwischt . . .“ – Tina war zu allem entschlossen, während Jimmy mich freundlich anlächelte. Immerhin war ich es, der ihn aus dem Treppenhaus befreit hatte.

Dann war wegen Tinas Liebesgeschichte abermals ein polizeilicher Einsatz notwendig. Wieder holten mich Nachbarn. Tünn sei dabei, seine Tochter totzuschlagen.

Sofort fuhren wir zur Wohnung. Nun, es war kein Totschlagsversuch, aber immerhin hatte der starrsinnige Alte seine Tina geradezu unmenschlich verprügelt.

Mir hing diese Familientragödie schon zum Hals heraus. Keine Woche, ohne daß wir nicht zum wilden Tünn in die Wohnung mußten.

In der Revierwache überlegten wir täglich, was man tun könnte, um hier endlich den häuslichen Frieden wiederherzustellen. Schließlich ging das alles ja auch auf Kosten unserer Nerven.

Wir fanden keinen Ausweg. Bis uns der Zufall zu Hilfe kam. Tünns Frau erschien bei mir mit besorgtem Gesicht. Ungewöhnliches war geschehen. Ihr Mann hatte Jimmy für das Wochenende nach Haus eingeladen. Aber seit Tagen sei er wie verwandelt, berichtete mir die Frau. Und dann hatte sie unter seinem Bett fein säuberlich in Leinen eingewickelt ein Beil entdeckt. Jetzt fürchtete sie: „Ich han Angs, dä Ami soll die Ax för dr Kopp krijje!“

Ich war überzeugt, die Angst der guten Frau war berechtigt. Am nächsten Morgen, es war der Tag, an dem Jimmy kommen sollte, ging ich in Tünns Wohnung. Zum wievielten mal schon? Ich schickte Frau und Tochter aus dem Zimmer. Und dann redete ich wie ein Pfarrer auf den Mann ein. Und sagte ihm seinen Mordplan geradewegs auf den Kopf zu.

Da sackte er plötzlich zusammen und weinte bitterlich. So habe ich selten einen Mann weinen sehen. Und zugleich merkte ich, wie lieb er doch seine Tochter hatte.

Der Fall war erledigt. Als Jimmy am Abend kam, war Tünn nicht zu Hause. Er betrank sich in einer Kneipe. Er erklärte sich mit der Heirat einverstanden, zog aber mit der Familie nach Leverkusen: „Wäjen dr Schand vör dr Nohberschaff!"

Tina reiste mit ihrem Jimmy in die USA, und später war der alte Tünn auf seine Tochter doch noch sehr stolz. Sogar auf seinen Schwiegersohn. Im Karneval vor sechs Jahren – kurz vor seinem Tod – traf ich ihn noch einmal wieder. Nachdenklich meinte er: „Schnäuzer, stell dr vür, ich hät dat domals jedonn ... nit uszodenke ..." – Ich war der gleichen Meinung und ließ mich gern von ihm zu einer Flasche Spätlese einladen.

Die Polizei – dein Anlageberater

Es war Donnerstag, es regnete ununterbrochen. Ich hatte schlechte Laune. An diesem Morgen wollte auch gar nichts klappen. Mehrere Verkehrsunfälle auf der Bayenstraße hielten uns auf Trab.

Ich saß über einem Aktenstück hinter meinem Schreibtisch, als es zaghaft klopfte. „Ja, bitte!" Die Tür ging auf, und eine mollige Blondine aus der Nächelsgasse trat herein.

Ich wunderte mich immer über die dann folgende Anrede, denn an meiner Bürotür stand deutlich „Hasemeier, Polizeikommissar". Und trotzdem hörte ich wieder die Worte: „Herr Schnäuzer, kann ich üch ens spreche?" – „Bitte, nehmen Sie Platz. Was gibt es denn?" – „Ihr kennt mich doch. Ich ben et blonde Gret us 7 vun der Frau Kleider. Sie han mich doch jestern noch am Finster setze sin."

Sie warf ein Bein über das andere, öffnete ihre

Handtasche und entnahm ihr ein Behördenschriftstück. Es war eine „herzliche" Einladung, den Klingelpütz für fünf Monate zu besuchen.

„Dat es dr Grund, woröm ich kumme". Sie öffnete wieder die Handtasche und holte ein in Zeitungspapier eingeschlagenes Päckchen hervor und warf es mir auf die Schreibtischplatte. „Dat doot ihr mer verwahre, bes ich widderkumme. Bei üch es dat am beste opjehovve."

Interessiert öffnete ich das Päckchen und traute meinen Augen nicht. Vor mir lagen lauter Hundertmarkscheine. Ich blickte sie an und fragte: „Was soll das?"

„Dat, wat ich mer erarbeit han, vertrauen ich keinem anderen Mädche aan, och der Madam nit. Verwahrt mer dat."

Ich war neugierig, wie hoch der Betrag war und begann zu zählen. Als ich bei 6000 Mark angelangt war, blickte ich sie an. Ihr Gesicht triumphierte. Sie schien ihres Sieges sicher. Ich zählte ruhig weiter. 13 000 Mark hatte mir das kleine Biest hingeworfen. Ich schob die Banknoten zusammen und wickelte das Geld wieder in die Zeitung.

Ich hatte die Chaiselongue-Artistin längst durchschaut. „Nun hören Sie mir mal gut zu. Auf dem Chlodwigplatz ist eine Sparkasse, da bringen Sie das Geld zur Aufbewahrung hin. Bei Ihrer Rückkehr aus dem staatlichen ‚Sanatorium' haben Sie sogar noch Zinsen."

Wie von einer Tarantel gebissen, flog sie vom Stuhl hoch: „Nä, nä, öm Himmelswelle, Sie müsse mer dat Jeld verwahre. Bitte, dunn se mer doch dä Jefalle."

Ich drückte ihr das Geld in die Hände, sprang zur Tür und rief meinen Außenmeister. Er wurde über das Gespräch mit der Dirne informiert. Sie hielt das Geldpäckchen noch in der Hand.

Die Falle, die man mir hier stellen wollte, hatte ich

zu gut erkannt. Energisch sagte ich: „Nun aber raus mit Ihnen, und lassen Sie sich nicht mehr bei mir sehen.“

Blaß bis in die Lippen und sehr enttäuscht verließ sie die Dienststelle.

Ich wollte es wissen. Vorsichtig eilte ich hinter ihr her. An einem Trümmergrundstück in der Zwirnerstraße wurde sie von zwei Männern erwartet. Einer sagte laut: „Na, hät dä Schnäuzer ahnjebesse?“

Sie schüttelte nur den Kopf und ging weiter. Der Sprecher aber rief ihr nach: „Du domm Luder, do kanns nor eins, für jet anderes bes do nit ze bruche.“

Ich war derart in Zorn, daß ich jedem der Kerle einen Denkzettel gab, der sie beide in die Gosse warf.

„Wenn ihr Courage habt, könnt ihr mich jetzt anzeigen", fügte ich hinzu. Wie ein gereizter Truthahn eilte ich zurück zur Wache. Aber da erwartete mich gleich die nächste Überraschung. Fünf „Damen" standen im Flur und warteten auf mich. Ich holte noch Stühle. Dann begann eine ehemalige Schönheit mit kastanienbraunem Haar: „Herr Kommissär, ich spreche för uns fünf he. Mer han folgende Vorschlach. Die Jrundstöcke an der Nächelsjass künne mer kaufe. Ävver die Käls wollen mieh als dr Jrundbuchpreis. Wammer üch vürschecke däte, kräte mer die halve Jass bedeutend bellijer." Zu den anderen Frauen gewandt fuhr sie fort: „Packt ens us, domit dr Kommissär sieht, wat mer für en Jrundlach han."

Nach einigen Sekunden klopfte mein Herz bedeutend schneller. Ich traute meinen Augen nicht. Plötzlich hatte jede der fünf Frauen ihre Kapitalanlage auf dem Schreibtisch liegen. Ich sah Brillanten, lose in Steinen, gefaßt in goldenen Ringen, Ohrringen, Ansteckbroschen, Goldstücke mit dem alten Kaiser Wilhelm. Ich kam aus dem Staunen nicht heraus. Dann sprach eine Schwarzhaarige, die bestimmt vorher noch zum Friseur gegangen war, um recht hübsch zu sein und auf mich einen guten Eindruck zu machen: „Nemmt ens e Stück Papier un doot ens usrechne, wat mer dofór krijje."

Ich tat ihr den Gefallen und errechnete einen Betrag von etwa 250 000 Mark. Eine Viertelmillion. Mir blieb die Spucke weg. Als ich die Summe nannte, vernahm ich die Worte: „Domet künne mer doch die Jass widder opbaue. Oder meint Ihr nit?"

„Moment", hörte ich mich sagen, „jetzt muß ich zuerst die Gegenrechnung aufstellen."

Wieder eilte der Stift über den Bogen, Zahl auf Zahl wurden neugierig von den fünf ehemaligen Puffmüttern betrachtet. Als ich aufblickte und lächelte, sagte Frau Kleider: „Wat soll dat?" Meine Antwort: „Wenn ich das Glück haben sollte und 15 Jahre Ruhestand hinter mich bringe, habe ich den Betrag auch verdient. Nein, nein, meine Damen, so etwas ist nichts für mich. Bedenken Sie, eines Tages hat ein Freier mit einem Ihrer Mädchen Krach, holt die Polizei, und dann sagt das flotte Mädchen: „Leeven Herr Wachtmeister, wat wollt Ihr dann, Ühre Kommissär es doch met he dä Bordellbesitzer.'"

Enttäuscht verließ das Komitee mein Büro.

Die Nase bringt es an den Tag

Ich hatte Besuch. Zollinspektor Zimmermann saß bei mir. Wir unterhielten uns über ein sehr heißes Thema: Schnapsbrennen.

„Ja, man soll es nicht für möglich halten. In Köln wird sehr viel Schnaps schwarz gebrannt", sagte der Mann vom Zoll.

„Die Kleinen interessieren nicht so sehr, doch die Großen müssen wir fassen. Wir wissen, daß bei Ihnen, Herr Hasemeier, in Ihrem Revierbereich eine der größten Schwarzbrennereien sein soll, die Köln je besessen hat. Nur wo, ist hier die Frage. Alle Bemühungen, sie ausfindig zu machen, waren bisher vergeblich. Ich bitte Sie, daß Ihre Beamten ein Augenmerk darauf haben. Es ginge doch nicht mit richtigen Dingen zu, wenn wir den Mann nicht erwischen würden."

Ich hatte aufmerksam zugehört und sagte: „Aber eine große Brennerei braucht doch Platz, beschäftigt mehrere Leute, und es muß doch stark nach Maische riechen. So etwas fällt doch auf!?"

Zimmermann lachte. „Sie können sich gar nicht vorstellen, wo und unter welchen Umständen gebrannt wird. Ein verlassener Schuppen, eine alte Ziegelei oder ein versteckter Keller in einem Trümmergelände sind die besten Orte. Zumeist kommen wir nur durch Zufall oder durch Verrat dahinter."

Eine Woche später stand ich durch Zufall vor einem alten Keller, der als Abfallplatz benutzt wurde. Asche, Papier, Kartoffelschalen und, was mich stutzig machte, eine Menge leerer Flaschen. Alle ohne Etikett. Aus zwanzig Flaschen ließ ich die Reste in eine Flasche tropfen. Ich war entschlossen, eine Probe für die Lebensmitteluntersuchungsstelle mit zur Wache zu nehmen. Als ich aus dem Keller stieg, sprach mich eine Frau aus der Kleinen Witschgasse an: „Su jeiht et, Herr Kommissär, üverall fingk mer bloß Dreck; dä Müll trick doch de Ratten ahn. Un die Fläsche hätt dä doch mem Auto irgendwo anders hinfahre künne."

Ich spitzte die Ohren. „Liebe Frau, haben Sie gesehen, daß ein Mann die Flaschen dahin geworfen hat?"

„Jo, dat han ich jesinn. Ich wonne doch he jäjenüvver. Und en die Püffjer livvere die doch och." – „Ich danke Ihnen, vielleicht können wir dem Dreckplatz hier ein Ende machen."

Aus meinem Büro rief ich die Besitzerin eines der Bordelle an, die in der Nähe der Abfallstelle ein Haus besaß und bat sie dringend zu mir zu kommen. Von ihr erfuhr ich, daß alle 14 Tage eine Kiste Schnaps geliefert würde. Den Lieferanten wollte sie mir nicht nennen. „Herr Kommissär ich bin doch keine Zinker. Wenn Se meine, Se möhte mich anzeije, dann dun Se dat." Alle Versuche, aus der Frau etwas herauszubekommen, waren vergeblich. Auf jeden Fall hatte ich ein Kettenglied gefunden. Jetzt wollte ich es wissen. Am nächsten Morgen suchte ich die alte Frau auf, mit der ich am Trümmerkeller gesprochen hatte.

„Frau Pütz, Sie sehen und hören doch viel." Ich schaute aus ihrem Fenster auf die schmale Straße. „Hier lasse ich Ihnen ein Stück Papier und einen Stift. Wenn der Lieferwagen bei dem Püffjen dort drüben vorfährt, notieren Sie bitte die Autonummer. Ich komme in einigen Tagen wieder vorbei."

Erfreut war die gute Alte nicht von meinem Vorhaben. Mit spitzen Lippen sagte sie: „Dat dun ich jo nit jähn. Wann ich obfalle, han ich keine räuhije Minutt mieh. Ävver Ordnung muß sinn. Inne zoleev dun ich dat.“

So erhielt ich das Kennzeichen des Lastwagens. Danach war es ein Leichtes, dem Besitzer einen Besuch zu machen. Ich fiel aus allen Wolken. Im Weichserhof stieg ich zwei Treppen hoch. Eine alte Frau öffnete und sagte sofort: „Menny, ich han jewoß, dat du eines Dachs he obkreuz. Lur ens, wat ich he noch hann!“ Menny hatte man mich als Kind gerufen. Frau Dorf zeigte mir ein Schulentlassungsbild. Mit ihrem krummgearbeiteten Zeigefinger wies sie auf eine bestimmte Stelle.

„Dä Ferdi wor immer eso stolz op singe Schollfründ, he nevven im. Hä meint immer, dä Menny deiht mer nix.“

Mir blieb die Spucke weg. Der gesuchte Schwarzbrenner war also mein bester Schulfreund. Zitternd und weinend stand Frau Dorf vor mir.

„Und wo ist Ferdi jetzt?“ fragte ich sie. „Ungerwächs, hück es doch Lievverdach.“ Ungerührt sagte ich: „Es hat sich jetzt für alle Zeit ausgeliefert. Ich komme wieder. Sagen Sie dem Ferdi, er soll auf der Stelle mit dem Schwarzbrennen aufhören.“ Mehr konnte ich nicht sagen. Ich hatte ein Gefühl, als hätte ich einen Knödel im Hals und müßte jeden Augenblick ersticken. Im Weggehen hörte ich noch die Worte: „Ehr möht dä ens sinn, un och sing Frau, dann künnt Ehr alles besser verstohn.“

Mir wirbelten die Gedanken im Kopf herum. Ich ließ ihm einige Stunden Zeit, um klaren Tisch zu machen. Auf der Wache rief ich Zollinspektor Zimmermann an. Der war überrascht, als ich ihm sagte: „Bitte kommen Sie diese Nacht gegen 2 Uhr zum Weichserhof. Ich weiß, wo die Schwarzbrennerei ist.

Übrigens habe ich in fortgeworfenen Flaschen noch Reste gefunden und diese untersuchen lassen. Es ist billiger Schnaps aus Kubazucker."

Kurz nach 2 Uhr standen wir mit fünf Beamten neben dem Haus, in dem mein ehemaliger Schulfreund wohnte. Ich zeigte auf ein großes Trümmergrundstück, auf dem Weidenkätzchen blühten. Wir machten uns die Mühe und krochen in dem wilden Gestrüpp umher. Plötzlich sagte der Mann vom Zoll leise: „Ich hab's in der Nase. Hier riecht es nach Maische. Wo mag der Eingang sein?"

„Kommen Sie, im Nebenhaus finden wir den Zugang." Ein Hausbewohner ließ uns ein. Im Keller räumten wir eine Menge Bretter von der Wand und fanden einen Durchschlupf, der für Luftschutzzwecke bestimmt war. Wir fanden einen Lichtschalter, der die Taschenlampen erübrigte. Wie in einem Geisterkeller standen vor uns große Bottiche mit Maische. Der starke Geruch legte sich schwer auf unsere Lungen. In einer Ecke standen eine Anzahl Kisten, gefüllt mit Schnapflaschen. Alle trugen ein sauberes Etikett.

„Ja, dann wollen wir mal", hörte ich den Zollinspektor sagen. Er hatte plötzlich eine Stange in der Hand und schlug die Kupferschlangen und Kessel kurz und klein. Die Maische rann in den Abfluß. Dann hörten wir plötzlich Stimmen. Wir löschten das Licht und warteten auf die große Begegnung.

Ferdi tauchte mit drei weiteren Männern im Keller auf. Als sie das Licht anmachten und uns erkannten, blieben sie wie gelähmt stehen. Der abgefüllte Schnaps wurde beschlagnahmt und vom Zimmermann zum Zoll gefahren. Als Ferdi mir gegenüberstand, fielen mir die letzten Worte seiner Mutter ein. Er humpelte an einer Krücke. Er hatte sein rechtes, und seine Frau, die neben ihm stand, ihr linkes Bein durch einen Bombensplitter verloren. Ich fand nur die Worte: „Und wärst du mein Bruder oder mein Vater, ich hätte nicht anders handeln können, denn Dienst ist Dienst und Schnaps ist Schnaps."

Ernste Worte, eine heilsame Ohrfeige und Brütcher met Blotwoosch

Wenn ich heute so höre – und man hört es nahezu täglich –, welche Ereignisse und Umstände ausschließlich schuld sein sollen, wenn junge Menschen mit dem Gesetz in Konflikt geraten, wenn sie verwildern, wenn sie Rauschgift nehmen, von zu Hause ausreißen, dann kann ich nur den Kopf schütteln.

Sicherlich haben äußere Umstände ihre Bedeutung auf das spätere Leben eines Kindes. Aber man sollte ihnen nicht alle Schuld für die spätere Entwicklung geben. Wenn das wirklich so wäre, müßten alle Kinder und Jugendlichen, die damals im Vringsveedel aufgewachsen sind, heute Schwerverbrecher sein.

Die Erwachsenen litten große Not, sicherlich. Aber noch härter war das Los der Kinder, die schuldlos schwere Jahre durchleben mußten, die Hunger hatten, die frieren mußten, deren Väter noch in Gefangenschaft waren, die in zugigen Ruinen und feuchten dunklen Kellern lebten.

Und dennoch: Mit nur wenigen Ausnahmen wurden sie durchweg tüchtige und vielfach auch sehr erfolgreiche Menschen.

Ich erinnere mich an Freddy, einen damals zehnjährigen Rotschopf aus der Follerstraße. Wir hatten ihn erwischt, als er im Rheinauhafen einen Karton Ölsardinen stahl. Ein Polizeibeamter brachte ihn zur Wache, wo ich ihn mit einem so strengen Gesicht empfing, daß er sofort zu weinen begann. Die Erklärung für sein Tun war zu erwarten: „Mer han zu Hus esu ene Hunger, Herr Kommissär."

Ich ging mit dem Jungen zu seiner Mutter. Die

verhärmte Frau lebte mit drei Kindern in einem Kellergewölbe und hielt die Familie mit Näharbeiten über Wasser. Ihr Mann war im Krieg gefallen. Was Freddy mir erzählt hatte, stimmte aufs Wort: Die Famlie lebte in größter Armut. Zunächst einmal konnte ich die Frau trösten: Der gestohlene Karton Ölsardinen sollte nicht zur Affäre werden. Freddy wurde ernsthaft vergattert, sich niemals mehr im Rheinauhafen blicken zu lassen.

Dann verschafften wir der braven Frau mit Hilfe der Stadtverordneten Sibylle Hartmann eine halbwegs anständige Wohnung und eine ertragreichere Tätigkeit in der Küche der Universität. Dort konnten auch die drei Kinder essen, das Schlimmste war überwunden.

Heute lebt Freddy in Bensberg im eigenen Haus und ist der wohlbestallte Zentraleinkäufer einer großen Kölner Firma.

Oder Pohls Jüppche aus der Mechthildisstraße. Der Bengel war vierzehn, als ich ihn kennenlernte. Bei einer höchst ungewöhnlichen Tätigkeit:

Er hockte in einem Kellerloch, vor sich eine Kiste mit mattsilbern glänzendem Eßbesteck, und versuchte mit Sandpapier aus den Messern, Gabeln und Löffeln das Zeichen eines bekannten Kölner Hotels wegzukratzen.

Als ich vor ihm stand, war er zunächst starr vor Schreck: „Wie kommst du an das Zeug?" fragte ich streng. Er stotterte, gab aber keine einleuchtende Auskunft. Die Kiste mit dem Eßbesteck – mein Gott, was hatte das damals für einen Wert – brachte ich mit einem Beamten zum Hotel zurück, wo man es sonderbarerweise noch gar nicht vermißt hatte.

Jüppchen gab keine Auskunft, woher er die Kiste hatte, betonte aber immer wieder: „Jestolle han ich et bestemmp nit!"

Wir ließen die Sache auf sich beruhen, kümmerten uns aber intensiver um Jüppchen. Das war nicht schwer, denn gegenüber unserer Wache war ja seine Schule. Sein Lehrer bestätigte uns: „Ein hochintelligenter Kerl, aber seine Mutter wird mit ihm nicht mehr fertig, der Vater ist noch in russischer Gefangenschaft.

Jeden zweiten, dritten Tag mußte sich Jüppchen bei mir auf der Wache melden. Eingehend ließ ich mir von ihm schildern, was er die Tage zuvor getrieben hatte. Einmal erwischte ich ihn bei einer Lüge. Steif und fest behauptete er, am Vorabend zu Haus gewesen zu sein. Tatsächlich hatte ihn einer meiner Beamten im Dirnenviertel gesehen.

Ich wurde wütend und gab ihm eine Ohrfeige. Sofort verließ er die Wache: „Ich kumme nit mieh, domet do dat weiß, do dreckelije Schnäuzer!" Weg war er.

Am nächsten Tag kam seine Mutter: „Och, Här Kommissär, wat hät däm dat joot jedon, dat hä eine jelangt hät kräje! Wenn ich dat doch och nur künnt . . ."

Und siehe da, nach einer Woche kam auch Jüppchen wieder. Allerdings drohte er: „Wenn Sie mer noch ens eine tuppe, eß et us met unsere Fründschaff, dat sag ich Inne!"

Nun, ich tuppte ihm keine mehr. Außerdem kehrte bald danach sein Vater aus der Gefangenschaft zurück. Jüppchen wurde ganz zur Raison gebracht. Heute betreibt er im Kölner Landkreis eine Schreinerei mit vier Beschäftigten.

Die Ohrfeige hat er mir noch immer nicht so ganz verziehen. Im letzten Karneval trafen wir uns zufällig auf einer Sitzung. Wieder fing er damit an: „Also richtich wor dat domols jo nit, do jitt et nix!" Und dann leerten wir gemeinsam vier Flaschen Wein.

Ich habe mich immer gewundert, wie die Kleinen damals scheinbar nebensächliche Begebenheiten nie vergaßen. Noch immer ist die „Rotznas" einer meiner

besten Freunde. Das war kurz nach der Währungsreform, als er mit sehnsüchtigen Augen in der Severinstraße vor einer Metzgerei stand. Ich kam gerade mit meiner Frau vorbei, als wir sahen, wie dem Siebenjährigen die Tränen über das Gesicht liefen. Seine Augen waren rot entzündet, unentwegt rieb er sich die Nase.

„Du hast ja einen tollen Schnupfen", sprach ich ihn an. Sofort flossen neue Tränen: „Ich han keine Schnuppe – ich han Hunger. De Mamm hät nix mieh em Hus."

Wir kauften dem Jungen eine Tüte Brötchen und legten ihm einen großen Kranz Blotwoosch um den Hals.

Der Junge stürmte wie von Sinnen davon. Ich sah ihn zunächst nicht wieder. Achtzehn Jahre später kam auf dem Chlodwigplatz ein eleganter junger Mann auf mich zu: „Kennen Sie mich nicht mehr?"

Ich schüttelte den Kopf. Lächelnd gab er sich zu erkennen: „Ich bin doch der Pitter, dem Sie damals die Blutwurst und die Brötchen geschenkt haben." Ich hatte die Begebenheit schon vergessen.

Seitdem treffen wir uns nahezu regelmäßig. Was ihn damals so tief beeindruckt hatte: „Ich hätte niemals geglaubt, daß mir jemand etwas schenken würde."

Zehn alte Damen beim Klüttenklauen

Es war Ende April 1948. Der Hunger und die Armut in Köln waren sehr groß. Von Maisbrot allein wurde kein Mensch satt.

Manche alte Frau und manches kleine Kind machten sich zu den Verladebahnhöfen Eifeltor und Bikkendorf auf, um dort eine Tasche voll Briketts oder Kohlen zu ergattern. Man müßte ja eigentlich stehlen sagen, aber die Not kannte damals kein Gebot. Viele Personen verunglückten beim Kohlenklau. Einem Kind wurden beide Beine abgefahren, einer alten Frau die rechte Hand. Täglich war an den Brikettzügen etwas los.

Laut Anordnung der Militärregierung wurden die vollgeladenen Brikettwagen mit weißer Kreide überschüttet, damit man erkennen konnte, ob an der Ladung etwas fehlte. Die Züge gingen nach Frankreich, England und Österreich. Unsere armen Kölner mußten in kalten Zimmern hocken.

Eines Tages war die Hölle los. Alarm Eifeltorbahnhof. Brikettdiebe zu Hunderten an den Kohlenzügen. Auch ich mußte mit 30 Polizeibeamten gegen Frauen und Kinder einschreiten. Den Kindern, die flink wie Eichhörnchen waren, gelang die Flucht. Wir hatten uns vorher abgesprochen, möglichst alle, die eine Tasche voll Briketts hatten, laufen zu lassen. Doch hinter einem Waggon stellten wir zehn alte Frauen, denen war der Schreck beim Auftauchen der Polizei so in die Glieder gefahren, daß sie nicht mehr weglaufen konnten. Plötzlich sagte ein Beamter: „Dort drüben kommen zwei englische Offiziere." Ich wußte sofort, daß die Herren von der Kontrollkommission waren. Ein Major rief mich. Mit schnarrender Stimme sagte er: „Alle zur Wache, Anzeigen vorlegen, verstanden?" Ich nickte und zeigte meine guten Zähne. „Wird gemacht!" Laut rief ich den Beamten zu: „Alle Frauen zu den Fahrzeugen. Wir bringen sie zum Polizeirevier 8!"

Die beiden Engländer schlugen sich mit ihrem Reitstöckchen auf die Stiefel, tippten an ihren Mützenrand und gingen davon. Aus der Ferne aber beobachteten sie uns, ob wir auch ihren Befehl ausführten. So fuhren wir die alten Frauen zum Revier 8 in Zollstock. Heulen und Zähneklappern drang an unsere Ohren. Als ich erkannte, daß die Engländer abgeschwirrt waren, sagte ich laut: „Laßt das Weinen sein. Ich habe eine Idee. Aber vorerst Ruhe!"

Auf der Wache notierte ich von jeder Frau die Personalien und war erstaunt, daß die zehn Frauen alle im selben Haus am Kartäuserwall wohnten.

Das Polizeirevier 8 hatte seinen Eingang am Gottesweg und einen Hinterausgang, der sehr selten benutzt wurde. Diesen zweiten Weg wies ich den zehn Frauen. Ihnen zulächelnd sagte ich: „Laßt euch nicht noch einmal erwischen, beim nächsten Kohlenklau wird es ernster für euch. Geht einzeln mit einem kleinen Abstand dort drüben hinaus." Lachend und mit verweinten Augen machten sie sich davon.

Einige Tage später trieb mich die Neugierde zu dem Haus am Kartäuserwall. Es war ein vierstöckiges, graues Gebäude, da, wo heute das Humboldt-Gymnasium steht.

Ich war kurz davor, als ich sah, wie vor dem Eingang eine alte Frau auf der Straße zusammenbrach. Ich sprang hinzu, wollte ihr wieder auf die Beine helfen. Dankbar schaute sie mich an: „Ach, Sie sind es?“ Es war eine jener Frauen, die wir zur Zollstocker Wache gebracht hatten.

Und dann stand plötzlich eine etwa vierzigjährige Dame neben mir: „Ich bin Frau Guilleaume, kann ich helfen? Das hier ist Frau Töttenkamp, sie wohnt in dem Altenheim, welches von mir betreut wird.“

Ich war überrascht: Es war wirklich Ella von Guilleaume, ein Name, der in Köln nicht unbekannt ist. Kaum jemand wußte, daß sie es sich zur heimlichen Aufgabe gemacht hatte, ein Altenheim einzurichten und zu betreuen. Ein Altenheim, in dem es keine Standesunterschiede gab, wo eine baltische Baronin, die Frau eines einstigen hohen Offiziers, aber auch eine ehemalige Dirne die letzten Tage ihres Lebens verbrachten. Hier wurde nicht nach Geld und Herkunft gefragt, hier ging es allein um christliche Menschenpflicht.

Wir brachten Frau Töttenkamp auf ihr Zimmer. Auf diese Weise lernte ich auch einige andere Frauen des Heims kennen. Zum Teil war es ein Wiedersehen. Da traf ich Erna, die frühere Garderobenfrau aus dem Kaiserhof, und „dat Rievkoche-Marie“, die einst in Ehrenfeld eine Gaststätte betrieben hatte.

Aber wie gesagt, hier lebten auch Frauen mit exklusiveren Vergangenheiten. Frauen, die ein Schicksal hinter sich hatten, wie man es in keinem Roman aufregender hätte lesen können.

Ich erinnere mich noch sehr gut an Frau von B., die

mir viele Fotos aus vergangenen Zeiten vorlegte. Zusammen mit ihrem Mann, einem eleganten Offizier, war sie auf diesen Bildern vor dem Eingang des Spielkasinos in Monte Carlo zu sehen, auf der Pferderennbahn von Nizza, vor der Mailänder Scala, vor dem Petersdom in Rom. Was ich nur aus Erdkundebüchern kannte, hatte diese Frau selbst gesehen.

Doch als ihr Mann im Ersten Weltkrieg in Flandern fiel, war nicht nur das luxuriöse Leben zu Ende, auch mit Frau von B. ging es bergab.

Erst wurde der Schmuck verkauft, dann die Pelze, die Garderobe; das Ende war schließlich das Haus Nummer 25 in der Kammachergasse; ein Bordell.

Nach fünf Jahren hatte sie so viel zusammengespart, daß sie sich am Griechenmarkt ein Haus kaufen konnte. Sie führte wieder ein ehrbares Leben, obwohl es ihr die lieben Nachbarn nicht leichtmachten. Viele kannten ihre Vergangenheit.

Dann kam der Krieg, das Haus wurde zerbombt. Die letzte Rettung war Frau von Guilleaume.

Aber auch die Wohltäterin hatte Sorgen: „Herr Kommissar, es wird immer schwerer, Sie wissen ja, wie schwer es ist, an Briketts zu kommen. Von Mehl, Fett und Fleisch wollen wir gar nicht erst reden. 54 Frauen leben hier, und mit ihnen Tausende Probleme."

Ella von Guilleaume führte mich in ein Zimmer, wo eine alte Frau müde im Bett lag: „Sie ist vor drei Tagen 99 Jahre alt geworden. Ein Wohltäter spendete für die Feier etwas Kaffee. Sie glauben gar nicht, wie glücklich man hier war."

Am Finger der alten Frau erblickte ich einen auffallenden Brillantring: „Ist der echt?"

Frau von Guilleaume nickte: „Ja, wirklich, er ist echt und sicherlich sehr viel wert. Aber sie will ihn nicht verkaufen. Sie hat ein Testament gemacht. Wenn sie stirbt, soll den Ring die nächstälteste Frau dieses

Heims erhalten und ihn dann nach ihrem Tode ebenso wieder weitervererben."

Das waren Erlebnisse, die uns in jener schweren Zeit die Kraft gaben, nicht alle Hoffnung aufzugeben.

Der Pastor von Lyskirchen wird energisch

Als ich eines Morgens zur Wache kam, empfingen mich die Kollegen mit einem hintergründigen Lächeln. „Was ist denn los?" fragte ich. „Im Wachbuch ist doch nichts eingetragen. Das wird doch heute ein ruhiger Tag – oder nicht?" Da grinste einer der Beamten noch mehr: „Ruhig ist es schon, Herr Kommissar, aber Ärger bekommen Sie trotzdem, verlassen Sie sich darauf. Der Pfarrer von Lyskirchen hat nämlich angerufen. Der will Ihnen eine anständige Standpauke halten, der ist ganz schön in Fahrt."

Also schwang ich mich aufs Fahrrad und radelte zum Pfarrer. Er war wirklich sehr erregt: „Herr Hasemeier, sind Sie hier Polizeichef oder nicht? Muß ich es mir gefallen lassen, wenn die ganze Nacht bis in die frühen Morgenstunden die unmittelbare Umgebung unserer Kirche zum Treffpunkt des Dirnengesindels wird? Soll das so weitergehen, daß die Schäferstündchen dieser Mädchen praktisch neben der Kirchentür stattfinden, daß die Besucher der Frühmesse sogar belästigt werden?"

Ich war erstaunt: „Aber darüber haben Sie mir doch noch nie etwas gesagt, Herr Pfarrer. Wenn ich das gewußt hätte, dann . . ."

Der Geistliche schüttelte unwirsch den Kopf: „So etwas müssen Sie von allein wissen. Das ganze Revier haben Sie gut in der Hand, nur hier im Kirchengebiet geht's drunter und drüber."

Er zeigte sich dann aber doch schnell versöhnlich, als ich ihm fest in die Hand versprach, den unwürdigen Zustand sofort abzuschaffen. Die Schwester des Pfarrers war allerdings skeptisch: „Das schaffen Sie nicht, Herr Kommissar, dafür sind die Mädchen und ihre Freier viel zu unverschämt. Was können Sie denen auch schon tun?“

„Das werden wir mal sehen“, antwortete ich entschlossen und radelte zurück.

Unterwegs begegnete mir „Entenschnabel“, ein brünettes hageres Mädchen, welches meistens auf der Rheinuferstraße „anschaffte“. Ihren Spitznamen hatte sie deshalb bekommen, weil sie nichts, aber auch gar nichts für sich behalten konnte. Sie kam mir jetzt gerade zur rechten Zeit über den Weg gelaufen. So eine „Tratsche“ war für mich der beste Nachrichtenübermittler.

„Hör mal gut zu, Mädchen“, redete ich sie mit strengem Gesicht an, „jetzt benachrichtigst du alle Kolleginnen, die hier im Viertel anschaffen. Aber alle, hörst du, wenn auch nur eine einzige fehlt, sollte die sich hier lieber nicht mehr sehen lassen. Also 17 Uhr sind alle Mädchen im Alten Tauzieher versammelt. Ich muß eine wichtige Sache verkünden. Aber ich sage dir: „Alle, keine darf fehlen!“

„Woröm jeiht et dann, Här Schnäuzer?“ fragte sie neugierig. „Das werdet ihr schon sehen“, sagte ich barsch und fuhr weiter. Dem Wirt vom „Alten Tauzieher“ sagte ich Bescheid. Er war sofort einverstanden und brummte beifällig: „Der Pfarrer hat wirklich recht, das ist doch eine verdammte Sauerei!“

Etwas unsicher ob „Entenschnabel“ auch wirklich ihre Pflicht getan hatte, fand ich mich schon eine Viertelstunde vorher im „Tauzieher“ ein. Ich war sprachlos. Die Kneipe war brechend voll. Und noch immer kamen von allen Seiten weitere Mädchen auf die Wirtschaft zu. Elegant und schlunzig, wüst aufgemacht und vernachlässigt, mit kostbaren Kroko-Taschen und mit Kunstlederbeuteln, bildhübsche

Mädchen und verlebte ältere „Damen“ – alle Richtungen waren vertreten. Mit 40 Besucherinnen hatte ich gerechnet, genau 82 kamen. Ich wußte gar nicht, daß so viele Dirnen in meinem Bezirk auf freier Straße ihr Geld verdienten.

Ich stand inmitten einer Wolke von teuersten und billigsten Parfüms. Zigarettenrauch stieg hoch, verführerisch süßer Virginiaduft und beißender Rauch von Eigenbau-Tabak.

„Schnäuzer, wat läuf dann, wat es dann loß?“ fragten sie immer wieder. Ich schwieg eisern bis genau 17 Uhr. Dann stieg ich auf einen Stuhl, besah mir das weibliche Völkchen von oben und legte mit lauter Stimme los:

„Jetzt werde ich Ihnen mal was erzählen, meine verehrten Damen. Hier wird gefragt, was denn eigentlich los ist. Das könnt ihr erfahren – eine ganz verdammte Biesterei ist los, eine maßlose Sauerei . . .“

Ich hielt den 82 Zuhörerinnen eine Ansprache, die ich hier lieber nicht wiedergeben möchte, so drastisch war sie. Ich sprach genau in der nicht zimperlichen Sprache dieser Damen, denn nur diese Sprache wurde von ihnen unmißverständlich verstanden. Und dabei schaute ich jede einzelne so grimmig an, als wüßte ich, daß auch sie mit ihren Freiern zur Schäferstunde in die Nachbarschaft der Kirche ging.

Und schließlich drohte ich: „Ihr könnt jetzt machen, was ihr wollt. Aber wenn ihr mich für dumm verkauft, versaue ich euch in diesem Viertel die Tour für alle Zeiten. Dann werden die Straßen hier zum Sperrgebiet erklärt, und ihr könnt mit euren Freiern auf die Poller Wiesen gehen. Da wird der Wind zwar ganz schön in eure Höschen pfeifen, aber das ist mir völlig egal. Ich sage noch einmal: Sehe ich auch nur eine einzige von euch bei der Kirche, ist für euch alle Sense.“

Erschrockenes Schweigen. Diese Drohung verfehlte

wirklich nicht ihr Ziel. Die erste handfeste Reaktion war eine Ohrfeige. Eine Ohrfeige, die ausgerechnet „Entenschnabel“ von einer Konkurrentin bekam: „Do ahl Sau, dat es alles wejen dir, du schaffs doch immer bei Lyskirchen ahn . . .“ Schreiend rannte „Entenschnabel“ aus der Kneipe. Dann gab es Prügel für eine andere Dirne, die mir übrigens auch der Pfarrer als besonders dreist geschildert hatte. Auch sie flog aus der Wirtschaft.

Schließlich mischte ich mich ein: „Schluß mit der Keilerei! Das könnt ihr woanders ausmachen. Im Grund genommen treibt ihr euch doch alle bei Lyskirchen herum.“

Ein Aufschrei der Entrüstung schlug zu mir hoch: „Leeve Schnäuzer, sin mir dann jeck? Uns dat Jeschäff versaue?“

Eine andere beteuerte: „Mir maachen uns doch nit selvs kapott. Dat verspreche ich Innen, Här Kommissär, do sorje mer selvs för Ördnung. Hück Naach jeht et loß.“

Alle riefen durcheinander wilde Verwünschungen gegen das Freien bei der Kirche, und alle versprachen, sich selbst dort um Ruhe und Ordnung zu kümmern.

Ich war zwar davon noch nicht restlos überzeugt, aber mit dem ersten Ergebnis dieser „Befehlsausgabe“ durchaus zufrieden.

Um Mitternacht trieb mich die Neugierde selbst zur Kirche. Ich sah mehrere Mädchen langsam auf und ab gehen. Sollte ich mich getäuscht haben? Sollten meine Drohungen so wenig Eindruck hinterlassen haben?

Hinter einer Mauer beschloß ich abzuwarten. Was mich allerdings wunderte: Wenn vereinzelt Männer vorbeikamen, wurden sie nicht von den Mädchen angesprochen, wie es doch sonst hier üblich war.

Dann entdeckte ich „Perlen-Anna“, eine junge Dirne aus dem Ruhrgebiet, die sich mit einem sichtlich angetrunkenen Rheinschiffer näherte. Beide gingen um die Kirche herum und verschwanden in einem Keller.

Im nächsten Augenblick war die Hölle los: Ein halbes Dutzend Mädchen stürmte den beiden hinterher, alle mit einem gefährlichen Knüppel bewaffnet. Und aus dem Kellerloch kamen das grelle Kreischen von „Perlen-Anna" und die Schmerzensschreie ihres Freiers.

Ich ging schnell weg. Hier wollte ich mich nicht einmischen, hier verrichteten sechs entschlossene Dirnen die Arbeit der Polizei, obwohl die knüppelschwingenden Amazonen ansonsten kaum etwas mit der Polizei gemeinsam hatten.

Wenige Tage später ging ich wie zufällig an Lyskirchen vorbei. Natürlich so, daß mich der Pfarrer sehen mußte.

Überschwenglich streckte er mir die Hand entgegen: „Wie haben Sie das nur fertiggebracht, Herr Kommissar? Ruhig, absolut ruhig ist es hier geworden, ich mache mir schon Gewissensbisse, denn wie viele Polizeibeamte müssen sich wohl jetzt wegen uns die Nächte um die Ohren schlagen? Das sind doch bestimmt sehr viele, denn hier tut sich garantiert nichts mehr. Ich glaube, Sie lassen hier jedes Loch bewachen . . ."

Ich nickte todernst: „Jede Nacht ist die ganze Wache unterwegs, Herr Pfarrer. Für Sie ist uns keine Mühe zu groß." Er war ganz betroffen.

Und ich ging schnell weiter, um mein Schmunzeln zu verbergen.

Hunde sah man in Köln nur selten

Manchmal waren es die harmlosesten Ursachen, die uns zur Aufklärung höchst ungewöhnlicher Straftaten verhalfen. Daß es in Köln damals einen sehr gut florierenden Hunde-Schwarzmarkt gab – wer von uns wußte das schon?

Auf die Spur solcher krummen Geschäfte mit Vierbeinern kamen wir durch einen simplen Zufall. Es begann mit einem Anruf vom damaligen Polizeipräsidenten Winkler: „Hasemeier, hören Sie mal, ich habe da eine ganz persönliche Angelegenheit. Sogar eine private Sache, aber vielleicht können Sie mir doch helfen. ‚Liebchen' ist nämlich weg."

„Liebchen?" fragte ich verwundert. Hatte der Präsident etwa eine heimliche Freundin? Nein, keineswegs, dafür war der alte Winkler ein viel zu ehrenwerter Mann. „Liebchen" war sein Hund, ein Dalmatiner Rüde. Und dieses Tier hieß nicht nur „Liebchen", es war auch wirklich sein Liebchen.

Das Tier war also spurlos verschwunden, und der Präsident bat mich, bei unseren Streifengängen sollten wir doch mal die Augen offenhalten. Denn zu dieser Zeit gab es nicht mehr allzu viele Hunde in Köln; jeder war froh, wenn er selbst satt wurde. Die wenigen Hunde aber befanden sich stets in Gefahr, gestohlen zu werden.

Derartige Diebstahlsanzeigen wurden bei uns oft erstattet, nur hatten wir damals wahrlich andere Sorgen, als verschwundenen Hunden nachzuspüren.

Immerhin fragten wir schon mal bei unseren Streifengängen die Leute im Vringsveedel, ob nicht jemand „Liebchen" gesehen habe.

Nun, gesehen hatte ihn niemand, aber der Uhrenhändler Weilmann gab mir einen Tip: „Jangk noh Rudekirche, nohm Essers Schäng. Dä mäht met jestollene Hüngcher fiese Jeschäfte."

Also setzte ich mich aufs Fahrrad und radelte nach Rodenkirchen zum Essers Schäng, den ich bald gefunden hatte. Und was ich da sah, war höchst interessant. In einem kleinen Werkzeugschuppen befand sich ein Gatter, in dem drei alte und fast blinde Promenadenmischungen kauerten. An den Wänden hingen frisch abgezogene Hundefelle, überall standen Blecheimer mit rohem Fleisch und Töpfe mit übel riechendem Fett.

Schäng, ein ehemaliger Berufsoffizier, der im Krieg ein Bein verloren hatte, gab sofort zu: „Da haben Sie mich also endlich erwischt. Na ja, einmal mußte es ja rauskommen.“

Was herauskam, war dies: Essers Schäng gab für jeden bei ihm abgelieferten gestohlenen Hund je nach Rasse fünf bis dreißig Packungen amerikanischer Zigaretten. Und das war Währung genug, um nicht wenige Leute zu veranlassen, planmäßig auf Hundesuche zu gehen.

Alte Hunde schlachtete er. Es gab auch genügend kranke Menschen, die fest davon überzeugt waren, daß man mit Hundefett Tuberkulose kurieren könne.

Und auch für das Fleisch – das gab Schäng nur zögernd zu – hatte er Kunden. Ob er jeweils gesagt haben mag, daß es sich um Hundefleisch handelte – dieser Frage ging ich erst gar nicht nach.

Und was machte er mit den gesunden, wertvollen Rassehunden? Auch diese Frage beantwortete er nur zögernd. Aber dann erhielt ich die Adresse, wohin er diese Tiere vermaggelte. Das war eine Frau Luise M. aus der Alteburger Straße.

Also auf dahin!

Und wiederum kam ich aus dem Staunen nicht heraus. Luise, eine Zweizentnerfrau mit strähnigem, blondem Haar, aber mehreren Brillantringen an den Fingern, leugnete ebenfalls nicht: „Jo, wat jitt et do ze verzälle? Dat es mi Jeschäff. Un dat künne Se mir jläuve, Här Kommissär, ich jevve su ene Hungk nur in beste Häng, do jitt et janix . . .!“

Wer waren ihre Kunden? Englische Besatzungsoffiziere, die sich in Marienburg, einquartiert hatten und wie wild auf den Besitz eines Hundes waren. Und die sich auch jederzeit bereit zeigten, für einen schönen Hund mit Zigaretten, Schokolade, Kaffee und Tee zu zahlen.

„Wissen Sie denn nicht, daß diese Hunde allesamt gestohlen sind?“ fragte ich die dicke Blondine empört. Sie zuckte mit den Schultern. „Do weiß ich nix vun. Ich krijje die Diercher vum Essers Schäng, und dä es doför Zijarette am krijje. Meint Ehr dann, ich künnt mer och noch eine Stammbaum metjevve loße? Leeve Mann, in su ener dreckelije Zick muß jeder sin, wo hä bliev.“

Die füllige Luise erzählte mir, wie „jrod jeck“ die Engländer auf Schäferhunde, Dackel und Pudel waren. Was Luise allerdings Kummer bereitete: „Am leevste han se jo Möps. Äver sujet han ich noch nit livvere künne. Möps, enä, dat jitt et nit bei uns . . .“

Im übrigen legte sie Wert darauf, nur allererste Ware anzubieten. „Enä, do es keine Pfusch dobei, wie dat dä schöne Hubäät vum Jereonswall mäht. Enä, bei mir nit . . ."

Was war das denn schon wieder mit dem schönen Hubert? Rauf aufs Rad und hin zum Gereonswall. Die Sache nahm ein ungeahntes Ausmaß an. Also nahm ich mir noch einen Beamten mit. Zu zweit stiegen wir am Gereonswall in einem Trümmerhaus die Treppen in den Keller hinab. Und trafen hier auch tatsächlich den schönen Hubert.

Schön war er zwar nicht, aber sein dunkles Haar glänzte wie Teer in der Sonne und stank widerlich nach Brillantine. Mochte der Teufel wissen, woher er die bekam!

Auch hier in seiner Wohnung: fünf Hunde, allesamt Promenadenmischungen. Aber auffallend war: Einer war pechschwarz, einer strahlend goldgelb, einer schneeweiß.

Mein Beamter staunte: „Da war zwar der Papa ein Pudel und die Mama ein Bernhardiner – aber schön sehen sie trotzdem aus. Ein herrliches Fell haben die . . ."

Der schöne Hubert war sofort für uns eingenommen und fühlte sich geschmeichelt: „Nit wohr, dat sin doch Klassefarben. Dat kritt keiner su jot hin wie ich . . ."

Was er damit meinte, entdeckten wir im Nebenraum: Hier sah es wie in einer Färberei aus. Mittendrin eine Badewanne, rund herum Farbtöpfe.

Auch der schöne Hubert gab den Hundehandel zu. Allerdings praktizierte er seine Spezialitäten: Er kaufte Promenadenmischungen an, badete sie in Farbe und bot die dann tatsächlich frappierend aussehenden Vierbeiner vorwiegend belgischen Soldaten in Bergisch Gladbach an.

Allerdings immer nur dort, und auch nur an verschiedenen Stellen. Denn nach spätestens zehn Tagen lief die Farbe ab, und das weniger schöne Grau kam wieder zum Vorschein. Dann allerdings war Hubert meist nicht mehr zu fassen. Daß er am Gereonswall wohnte, wußte kein einziger Käufer.

Alle, der Essers Schäng, die dicke Luise und der schöne Hubert, kamen vor den Kadi.

Und was den Dalmatiner Rüden des Präsidenten anbetraf: Der kam von allein zurück, nachdem er seinen Fisternöll mit einer Pudelhündin beendet hatte. Und zugleich auch die Besitzerin der Hündin, die der Frau des Polizeipräsidenten heftigste Vorwürfe machte:

„Wenn öre Hungk auch däm Polizeipräsidenten jehöt, hät dä noch lang nit dat Räch, op ming Vera zu höppe. Wat soll dat nor för en Prumenadenmischung jevve?"

Maulwurfs Urlaub auf Ehrenwort

Ich weiß nicht, wie er zu seinem Spitznamen gekommen war. Alle nannten ihn einfach nur „Maulwurf". Sein richtiger Vorname war vielleicht zu umständlich auszusprechen: Korbinian. Dieser Korbinian, oder nennen auch wir ihn einfach nur den Maulwurf, lebte mit Frau und drei Kindern in der Kleinen Witschgasse in einem einigermaßen wohnlich eingerichteten Keller und arbeitete als Hausfaktotum bei der englischen Besatzungsmacht im „Conti"-Haus an der Ecke Aachener Straße/Kanalstraße. Er war dort Heizer, Gärtner, Bote, einfach „Mädchen für alles".

Viel verdiente er nicht, aber nahezu täglich brachte er Brot, Kartoffeln, Marmelade, manchmal sogar auch etwas Tee und Zigaretten mit nach Haus. Die Engländer zeigten für die fünfköpfige Familie, die allein von den kärglichen Lebensmittelrationen leben mußte, viel Verständnis.

Dann war der Maulwurf plötzlich entlassen. Ich habe nie richtig erfahren, weshalb das eigentlich geschah. Einige sagten, die Engländer hätten vermutet, daß der Maulwurf einst SA-Mann gewesen sei, andere behaupteten, man habe ihn beim Diebstahl von Schokolade erwischt. Na, wenn schon, dachte ich mir; wem konnte man es in dieser schweren Zeit schon verübeln, wenn er manchmal nicht mehr Herr seiner Entschlüsse war.

Der Maulwurf fand zwar schnell wieder Arbeit – nur mußte er jetzt mit den Lebensmittelkarten auskommen. Und da haperte es natürlich. Was tat er? Er zog abends und nachts mit einem Handkarren und seinen drei Söhnen in die Trümmergrundstücke und buddelte dort Leitungsrohre, Elektrokabel und andere noch brauchbare Teile heraus, um sie dann in der Eifel gegen Lebensmittel einzutauschen.

Prompt wurde er eines Monats erwischt und mit seinen Söhnen zur Wache gebracht. Treuherzig zuckte er vor mir mit den Schultern: „Die Pänz han Hunger, Herr Kommissär." Und ebenso unschuldig schauten mich seine drei Söhne an: elf, neun und acht Jahre alt.

Wir waren uns unter den Kollegen alle einig, daß hier wohl eine eindringliche Verwarnung ausreichen würde. „Lassen Sie sich nicht noch einmal erwischen", warnte ich ihn.

Aber dann kamen immer häufiger die Besitzer von Trümmergrundstücken auf die Wache.

Ich ging zum Maulwurf. Wie sauber und gemütlich es in der Kellerwohnung war. Die Familie saß an einem runden Tisch, auf dem eine appetitlich duftende Suppenterrine stand. Selbst etwas Speck war darin.

„Ihr lebt nicht schlecht", leitete ich die Unterhaltung ein. Er ließ sich nicht stören, löffelte die Suppe weiter und meinte: „Die Pänz müsse jet zwischen de Rebbe krijje. Die jonn mir jo söns kapott.“

Ich gab zu bedenken: „Aber doch nicht mit Hilfe der Diebstähle.“ – „Diebstähle?“ fragte er gedehnt. „Verstonn ich nit. Dat Zeuch litt doch üvverall eröm.“

Ich verabschiedete mich: „Ich sage Ihnen nochmal, lassen Sie sich nicht erwischen.“

Die Beschwerden über „gefilzte“ Trümmergrundstücke wurden immer zahlreicher. Ich wußte, daß Korbinians Verhängnis mit Sicherheit nicht mehr aufzuhalten war. Es konnte nur noch eine Frage der Zeit sein.

Und als wir dann herausbekamen, daß er keineswegs mehr mit seinen drei Kindern über die Trümmergrundstücke zog, sondern eine richtige Bande von erwachsenen Metalldieben um sich geschart hatte, war es soweit.

Auf frischer Tat wurden alle gestellt, einige bekamen eine Geldstrafe, andere mußten in den Klingelpütz. Unter ihnen auch der Maulwurf, da er ja der eigentliche Anstifter und Anführer der Bande gewesen war.

Als man ihn nach dem Urteil aus dem Gerichtssaal führte, ging er ganz nah an mir vorbei. Mit unbeschreiblicher Wut zischte er mir zu: „Wenn ich eruskumme, schlon ich dich dut, verloß ich drop, ich schlon dich dut!“

Doch die Zeit heilt nicht nur Wunden, sie läßt auch manchen Haß verkümmern. Wenige Wochen später stand Korbinians Frau auf der Wache. In Tränen aufgelöst, verzweifelt und sichtlich am Ende ihrer Kräfte.

„Ich weiß nit mieh wigger! Uns Maria jeiht doch met zur hillije Kommuniun. Ohne dä Pap, dat jeiht doch nit, Här Kommissär. Uns Wunnung süht us, enä, dä Pap möht us d’r Pütz kumme un alles fein maache. Anstricher kann dä jot spille . . .“

Ich wußte, daß es für solche Fälle im Klingelpütz schon ab und zu Sondergenehmigungen gab, daß ein „Urlaub auf Ehrenwort" auch hier möglich sein konnte. Aber das war nur mit meiner Befürwortung möglich. Und ausgerechnet ich sollte ein gutes Wort für den Mann einlegen, der mir harte Vergeltung angekündet hatte?

Ich schob ihr ein Stück Papier über den Schreibtisch und diktierte ihr den Brief an den Gefängnisdirektor. Darunter schrieb ich meine Befürwortung.

Als ich drei Tage vor dem Weißen Sonntag durch die Kleine Witschgasse ging, sah ich den Maulwurf in der Kellerwohnung mit dem Quast hantieren. So eifrig, wie es wirklich nur ein Maulwurf tun kann.

„Na, du alter Stänkerer, hast du dich beruhigt?" rief ich ihm durchs Kellerfenster zu. Ganz wohl war es mir dabei freilich nicht. Wie würde er reagieren?

Erschrocken schaute er hoch. Langsam legte er den Quast auf die Erde. Dann kam er auf die Straße. Ich war auf alles gefaßt. Nur nicht auf das, war nun folgte.

Denn plötzlich hatte er Tränen in den Augen. Er schluckte schwer, schaute betreten zu Boden und flüsterte leise: „Ich han mich schlääch benomme, Här Kommissär. Ich weiß dat. Ich möht dat widder jotmaache ... Mer han am Sonndach ne falsche Has. Sie sin enjelade, Här Kommissär ..."

Den falschen Hasen ließ ich die Familie allein essen. Aber am Nachmittag fand ich mich mit einem meiner Kollegen beim Maulwurf zu einer Tasse Muckefuck ein. Ich habe selten so glückliche Gesichter gesehen. Daß ausgerechnet zwei Polizeibeamte zur Kommunionfeier der Tochter des Häftlings gekommen waren, mußte bei allen Nachbarn wie eine amtlich bestätigte Rehabilitierung wirken.

Und tatsächlich: Am nächsten Tage hörte ich, daß kaum, als wir gegangen waren, sich plötzlich viele Nachbarn einfanden, um der kleinen Maria zu gratulieren; einige brachten sogar Geschenke mit.

Der Maulwurf kehrte pünktlich ins Gefängnis zurück und saß geduldig seine Straf ab. Er kam nie wieder mit dem Gesetz in Konflikt und wurde später sogar Kraftfahrer bei der Stadt. Bedenken bei der Einstellung wegen seiner Vorstrafe konnte ich zerstreuen.

Andenken aus Rußland

Die ambulanten Händler mit ihren Gemüse- und Obstkarren machten uns damals viel zu schaffen. Einmal stellten sie sich an Kreuzungen, so daß der Verkehr behindert wurde, ein andermal direkt vor einen Laden, was den Besitzer zum Kochen brachte.

Konkurrenz muß sein, bei allen guten Vorsätzen und Grundsätzen. Was jedoch unterbunden werden mußte, waren die offensichtlichen Betrügereien. Da gab es einige ganz Schlaue. Sie schnitten sich einen Pappdeckel von 10 Gramm Gewicht, genau passend für den Boden der Waagschale. Andere wiederum kratzten die Eichmarke aus den Gewichtsteinen und machten sie leichter, indem sie 50 bis 100 Gramm an Bleikörnchen auslaufen ließen. Die Eichmarke wurde provisorisch wieder eingedrückt. Für den Kunden war das nur schwer zu erkennen, nicht aber für den Beamten vom Ordnungsamt und für den Polizisten.

Da rasselte früh am Vormittag mein Telefon.

Ich vernahm eine aufgeregte Männerstimme: „Herr Kommissär, esu jeiht et nit. Do steht ene wilde Händler an der Vringspootz. Lurt ens, dat dä Kääl verschwind. Ich bezahle für minge Lade en huhe Stür, und ich verlange, dat kein wilde Hüng minge Lade versaue.“

Ich beruhigte den guten Steuerzahler. „Ich werde gleich mal sehen, was sich da für ein Fremdchen niedergelassen hat."

Auf der Straße schlug mir der Regen ins Gesicht. Es war ein Wetter, bei dem man keinen Hund auf die Straße ließ. Die kalte Nässe drang bis auf die Knochen durch. Der Mann am Severinstor schien aber keine Nerven zu haben, wenn er sich in einem solchen Wetter stundenlang hinstellte.

Als ich bei ihm aufkreuzte, reichte er mir sofort sein Straßensteuerheft. Auch die übrigen Unterlagen waren vorhanden. „Herr Kommissär! Ich heißen Adolf Hanf. Luren Se ens." Er zog das linke Hosenbein hoch und deutete auf eine starke Verletzung. „Dat es en Andenke us Rußland. Ich bin 60 Prozent Invalide. De Nut un dr Hunger zwingen mich, he em Rähn und en der Kält e paar Holzlöffel zo verkaufe."

Er kramte in seiner Brieftasche herum, zog einige Bilder hervor und sagte: „Lurt ens, dat woren noch Zigge! Ich wor fröher Artist em Zirkus Krone. Wann ich dodran denke, krijjen ich et heulende Elend."

Ich bewunderte diesen Menschen. Er hatte sich eine Zeltplane von etwa eineinhalb Quadratmetern als Dach gespannt. Das bißchen Schutz konnte nicht verhindern, daß seine Löffel, Schneebesen und Bürsten naß wurden.

An seiner Nase hingen Kältetropfen. Die Finger waren steif und klamm und fast blau vor Kälte. Herr Hanf war mit seiner Kriegsverletzung nahezu ein Krüppel.

Ich überlegte: Wenn du diesen Menschen hier wegschickst, bist du ein gemeiner Büttel, der kein Herz im Leibe hat und nicht das Recht besitzt, sich Christ zu nennen.

Ich drückte ihm seine Zirkusbilder in die Hand. Einige Neugierige waren stehengeblieben, gespannt, was ich mit dem Mann machte.

Laut, daß alle es hören konnten, sagte ich: „Ab heute bleiben Sie hier stehen. Ich werde für Sie beim

Amt für öffentliche Ordnung den Platz beantragen. Holen Sie sich morgen dort die schriftliche Erlaubnis."

Hanf strahlte. „Danke, Herr Kommissär, dat weeden ich Inne nie verjesse."

Die Leute klatschten. Ein altes Mütterchen rief: „Dat es jo och unsere Kommissär, dä Schnäuzer hät e jood Hätz."

Zwanzig Jahre später traf ich Adolf Hanf wieder. Mit Freude erinnerte er mich an den Platz vor der Vringspootz.

„Herr Kommissär! Dat han ich Inne nit verjesse. Und jetz, noh all dä Johre, dringk mir zwei e lecker Jlas Kölsch."

Auf Bimbo fielen alle rein

Das kam uns damals allen wie ein richtiges, unerklärliches Wunder vor: Am Samstag vor der Währungsreform hatte man das Geld haufenweise in der Tasche und konnte sich dennoch nichts kaufen. Am Tage darauf erhielt jeder 40 Mark funkelnagelneues Geld, und wiederum einen Tag später sah man in allen Schaufenstern Waren, die wir jahrelang vermißt hatten.

Alle waren froh, daß endlich ein neuer Anfang da war, daß man wieder wußte, für was man arbeitete, und daß man sich ausrechnen durfte, was man von dem Geld am nächsten Monatsersten kaufen konnte.

Manche Leute allerdings konnten gar nicht schnell genug möglichst alles haben. Dazu gehörten dann auch diejenigen, mit denen wir uns als Polizei beschäftigen mußten.

Einer von ihnen war „Bimbo", ein untersetzter, etwas bullig aussehender Mann aus Hessen. Vorgestellt wurde er mir eines Tages von Maria B., einer wirklich gut beleumdeten Kauffrau aus der Severinstraße, deren Mann im Krieg gefallen war.

„Herr Kommissar, gut daß wir Sie treffen", sprach sie mich eines Tages auf der Straße an, „ich wollte Ihnen schon immer mal meinen Verlobten vorstellen."

Und dabei zeigte sie auf den neben ihr stehenden Mann, der mich allerdings nicht gerade übermäßig liebenswürdig ansah. Zögernd gab er mir die Hand und sagte gedehnt: „Angenehm, sehr angenehm."

„Das ist aber fein, daß Sie wieder eine Ehe eingehen wollen", antwortete ich der Frau, obwohl mich die Tatsache überraschte. Noch einige Wochen zuvor hatte Maria B. mir kategorisch erklärt: „Also, ich werde bestimmt nicht mehr heiraten. So einen wie meinen Alfred bekomme ich nie mehr."

„Nun ja, wo eben die Liebe hinfällt", dachte ich mir und ging weiter. Schon wenige Tage später traf ich den Mann zum zweitenmal. Diesmal schon in einer anderen Umgebung: in einer Kneipe an der Rheinuferstraße, wo er an der Theke stand, in kurzer Zeit mehrere Klare trank und laut mit seinen Kriegserlebnissen prahlte. Was mich wunderte: alle redeten ihn hier mit „Bimbo" an, also mußte er in der Wirtschaft und bei deren weiß Gott nicht vertrauenerweckenden Gästen gut bekannt sein.

Am Abend erkundigte ich mich bei der Wirtin. Sie zeigte ein verächtliches Gesicht: „Dä Bimbo? Dat es ene Filou, janz bestemmp, dä es nur bei de Wiever am erömschawenzele, es nit am arbeede und hät trotzdem immer Jeld för ze suffe. Ich möht dä Käl nit jeschenk han . . ."

Nun ja, da war schon einiges, was einen Polizisten stutzig machen konnte. Am nächsten Vormittag besuchte ich Maria B. in ihrer gut eingerichteten Wohnung. Überrascht schaute sie mich an: „Sie, Herr Hasemeier? Ist was passiert? Hab' ich was verbrochen?"

„Sind Sie allein?“ fragte ich kurz. Als sie nickte, forderte ich sie auf: „Dann lassen Sie mich mal herein, ich glaube, wir müssen so einiges bereden . . .“

Ich kam sofort zur Sache. Woher sie „Bimbo“ kenne, wollte ich wissen, was er eigentlich von Beruf sei, ob sie wisse, womit er sein Geld verdiene und so weiter und so fort.

Aber da lief ich ganz schön gegen eine Mauer. Frau B., mit der ich bis dahin sehr gut ausgekommen war, wurde plötzlich schroff, abweisend und unfreundlich: „Was geht Sie das an? Woher nehmen Sie das Recht, meinem Verlobten nachzuschnüffeln? Was fällt Ihnen überhaupt ein? Ich werde mich heute noch über Sie beim Polizeipräsidenten beschweren. Und jetzt nichts wie raus . . .!“

„Frau B., ich will Ihnen doch nur helfen, ich habe das Gefühl . . .“ – „Raus!“ schrie sie abermals. Und ich zog tatsächlich wie ein begossener Pudel davon.

Ich war so wütend, daß ich mir geradezu wünschte, sie möge mit ihrem schrägen „Bimbo“ ein Fiasko erleben. Doch der Zorn war schnell vorbei, zumal ich die Sache meinen Kollegen auf der Wache erzählte und wir uns alle einig waren, daß hier eine ahnungslose Frau einem möglichen Gauner auf den Leim ging.

Am nächsten Tag erhielten wir eine neue Hiobsbotschaft: Frau B. hatte ein ihr gehörendes Grundstück an der Bonner Straße verkauft. Warum tat sie das? Warum benötigte sie plötzlich so viel Geld?

Wir beschlossen, uns näher mit „Bimbo“ zu beschäftigen und zogen in den Rheinkneipen weitere Erkundigungen ein. Das war gar nicht schwer, denn überall war er bekannt. Vor allem bei den leichten Mädchen, denen gegenüber er sich stets spendabel zeigte.

„Entenschnabel“, die blonde Dirne, plauderte frei weg von der Leber: „Dat es immer ne Fürst, Här Kommissär, wenn dä kütt, dun ich immer minge

Pikkolo krijje, do kennt dä janix . . .“

„Wie kommt er denn an das Geld?“ fragte ich. Sie grinste hämisch: „Dä hät doch en Ahl, die sich usnemme liet!“

Auf der Wache waren wir froh, Maria B. neues „Beweismaterial“ unterbreiten zu können. Allerdings schränkte ich ein: „Aber diesmal geht ein anderer zur Frau B., ich lasse mich nicht noch einmal rausschmeißen, mir langt's . . .“

Ich glaube, es war der Polizeimeister Meschonat, der sich bereit erklärte, Frau B. diesen wichtigen Besuch zu machen. Aber dazu kam es nicht mehr. Denn noch am selben Tag rief mich der Polizeipräsident an. Und als er das Gespräch mit dem Satz begann: „Eben war eine Frau B. bei mir“, wußte ich, was die Glocke geschlagen hatte. Und sie schlug sehr laut und heftig. Nie hatte der Präsident, der sonst stets sehr gut auf mich zu sprechen war, ein solches Donnerwetter über mich niedergehen lassen.

„Aber ich will doch nur die Frau vor Unglück bewahren“, stotterte ich entschuldigend ins Telefon. Er wetterte zurück: „Die privaten Sorgen verliebter Witwen gehen uns einen Dreck an, verstehen Sie? Sie sind Polizeikommissar und kein Pastor, merken Sie sich das!“

Das war deutlich. Ich versprach, mich nie wieder um „Bimbo“ zu kümmern.

Schon wenige Tage später hatte ich dieses hoch und heilig abgegebene Versprechen gebrochen. Dazu allerdings war ich nunmehr dienstlich gezwungen. Wieder war es „Entenschnabel“, die mir auf die Sprünge half. Aus völlig freien Stücken kam sie zu mir auf die Wache. Mit geheimnisvollem Gesicht setzte sie sich vor meinen Schreibtisch.

„Nit wohr, Här Kommissär, Se han doch je jäjen dä Bimbo?“ begann sie. „Nee, Mädchen, der kann mir gestohlen bleiben“, gab ich uninteressiert zurück.

Doch sie ließ nicht locker: „Hüren Se ens, Schnäuzer, dat interessiert Se ävver janz bestemmp, gestern wor däm Bimbo sing Frau in dä Weetschaff und hät däm vör all dä Lück en dr Weetschaff e Jedöns jemaht, dat künne . . .“

„Wer war da?“ fragte ich plötzlich äußerst interessiert und sprang vom Stuhl, als hätte ich einen elektrischen Schlag bekommen.

„Jo, däm Bimbo sing Frau wor do. Die wor dä alls zick Wochen am söke. Dä Saukäl is verhierod un hät zwei Pänz en Frankfurt . . .“

Jetzt ging's zur Sache. Ich gab den Fall sofort an die Kriminalpolizei weiter und konnte es mir natürlich nicht verkneifen, den Polizeipräsidenten höchstpersönlich anzurufen. Ich schilderte ihm die neue Lage und fragte etwas frech: „Soll ich mich immer noch nicht um die Liebesgeschichten einsamer Witwen kümmern, Herr Präsident?“ Er war humorvoll genug, um anerkennend zurückzubrummen: „Sie finden aber auch immer wieder ein Hintertürchen, um Ihren Kopf durchzusetzen . . .“

Noch am selben Tag wurde „Bimbo“ in der Wohnung von Maria B. festgenommen. Und was jetzt alles herauskam, war mehr, als wir erwartet hatten; der Name des Mannes war falsch, im Ruhrgebiet und in Münster wurde er wegen Heiratsschwindeleien gesucht, und in Bayern hätte er wegen anderer Betrügereien schon seit Monaten eine Gefängnisstrafe antreten müssen.

Und dann geschah am Abend dieses Tages noch etwas anderes: Bei uns in der Wache fand sich eine bitterlich weinende Kriegerwitwe namens Maria B. ein: „Ich hab' Ihnen ja so Unrecht getan, Herr Kommissar“, schluchzte sie. „Das sollte doch wohl jetzt Ihre kleinste Sorge sein“, tröstete ich sie. Sie nickte: „Ja, sechstausend Mark hat er durchgebracht. Und ich dachte immer . . .“

Die letzten Worte hörte ich nicht mehr, weil ich hinausging. Wieder einmal fragte ich mich ratlos, warum bloß manche Menschen so vertrauensselig und gutgläubig sind.

Als „billige Äpfel“ noch teurer waren

An den Verkaufsständen vor der Severinskirche kosteten die italienischen Äpfel kurz nach der Währungsreform 35 Pfennig je Pfund. Die Hausfrauen freuten sich, endlich einmal billig einkaufen zu können.

Plötzlich wurde ich angerufen: „He es ene Karrehändler. Dä hät die Unverschämpheit, die Äppel, die mir för fünfunddrissich Penning verkaufe, drei Pund för zwei Mark anzebede. Dat es doch de Höh. Schnäuzer, do möht Ehr ens selvs noh lore. Dat loße mer uns nit jefalle.“

„Nun mal keine Aufregung; ich komme.“

Hätte ich nach dem Namen des Anrufers gefragt, wäre ich doch nur beschummelt worden.

In der Hirschgasse traf ich den Karrenbesitzer. Ich hörte ihn schon von weitem: „Bellije Äppel – drei Pund för zwei Mark.“

Ich wollte mich gerade dem Schreihals zuwenden, als eine Frau, die einen kleinen Jungen an der Hand führte, zu mir sagte: „Leven Här Schnäuzer, dä Kähl es vill zo dör.“ Sie zeigte mit dem Daumen in Richtung Severinskirche. „An dä Ständ do hinge sin die selve Äppel vill bellijer. Mer sinn doch fruh, wann uns Pänz och ens bellije Äppel krijje künne.“

Ihr zunickend, wandte ich mich an den Händler.

„Sie kommen mal sofort mit zum Revier!“

Er folgte zwar ungern, aber er setzte seinen Karren in Bewegung. Vor dem Polizeirevier läutete er plötzlich mit einer Handglocke und rief: „Drei Pund Äppel ein Mark! Esujet hät et noch nit jejovve!“ Ich lachte laut. Dieser Karrenhändler hatte Respekt vor der Polizei, denn er wußte ja, daß die Äpfel preisgebunden waren und nicht mehr als 35 Pfennig pro Pfund kosten durften.

Die Frauen hörten das billige Angebot. In Windeseile umringten sie die Karre. Mehrere hatten die Lokkenwickler noch im Haar und die Pantoffel an den Füßen. Die eine hatte einen Kittel, die andere einen Morgenmantel an.

Es dauerte nicht lange, da war die Karre leer, die Einkaufsnetze der Frauen gefüllt.

Ich mußte schmunzeln, als der Karrenhändler fragte: „Herr Kommissär, krijje ich dann jetz noch en Anzeich?“

Seine Stirn legte sich in hundert Falten, und seine dicken Lippen schmollten.

Ich winkte ab, „Ihre Karre ist leer, bleiben Sie aber in Zukunft redlich und halten Sie es lieber mit den Hausfrauen. Sie sehen doch, so können Sie auch Geld verdienen."

„Danke! Wann ich morje ming Kar widder voll han, kummen ich et ehz en et Vringsveedel, un Se solle sinn, ming Äppel blieve bellich."

Und der Mann hielt tatsächlich Wort.

Das Geheimnis des Gummikönigs

„. . . und hört mal rum, wer sich eigentlich hinter dem Namen ‚Gummikönig' verbirgt." Jedesmal, wenn wir im Polizeipräsidium eine Dienstbesprechung hatten, sprach der Polizeipräsident zum Abschluß diesen Satz. Wochenlang, ja Monate hindurch forschten Polizisten, Kriminalbeamte, aber auch Fahndungsbeamte der Militärregierung nach dem geheimnisvollen „Gummikönig".

Wer er war, wußte niemand. Nur eines wußte man: In einer Zeit, da für einen einfachen Autoreifen ein Schwarzmarktpreis von 1000 Mark, für einen Lastwagenreifen sogar 3000 Mark geboten wurden, verschob er solche begehrten Reifen zu Hunderten im ganzen Rheinland. Und außerdem vermutete man, daß er sein Domizil in Köln haben mußte.

Aber wo?

Auch bei der Militärregierung wurde man immer ärgerlicher. Denn selbst ein Teil der für die Zivilbevölkerung freigegebenen Reifenkontingente traf nicht bei den seriösen Händlern ein, sondern verschwand in geheimnisvollen Schwarzmarktgeschäften im Klingelpütz. Wir erfuhren nur, daß die Kripoermittlungen dann allesamt beim „Gummikönig" mündeten.

Immer, wenn von diesem geheimnisvollen Unbekannten gesprochen wurde, winkte ich ab: „Wer weiß, wo der sitzt! Bei uns im Vringsveedel jedenfalls nicht. Wir kennen hier jedes Haus, jeden Trümmerkeller. Wir brauchen uns gottlob darum nicht zu kümmern."

Aber es kam ganz anders. Und dafür sorgte Elli B., die Ehefrau eines Kraftfahrers, der selbst wegen einiger Schwarzmarktgeschäfte im Klingelpütz saß. Seitdem sie mit ihren drei Kindern allein war, hatte Elli eine unbeschreibliche Wut auf die Großkopfeten unter den Magglern: „Minge Häns es em Pütz, un de Jroßverdiener maggele wigger. Un dat soll Jerechtichkeit sin . . ."

Außerdem fühlte Elli B. sich mir gegenüber sehr verbunden, weil ich mich wiederholt dafür eingesetzt hatte, daß sie und ihre Kinder nicht unter den Vergehen des Ehemannes und Vaters leiden sollten.

„Leeven Här Schnäuzer, dat verjelten ich Inne bestemp, dat verjessen ich Inne nie!" versicherte sie mir jedesmal, wenn sie mich sah. Und tatsächlich: Sie hielt Wort.

Eines Tages stand sie bei mir im Büro: „Schnäuzer, ich bringe Sie zum Gummikönig. Ich weiß jetzt, wer das ist, und ich weiß auch, daß er derjenige ist, der meinen Mann ins Unglück gebracht hat."

Wir machten einen Plan. Wir, das waren Elli B., der überaus tüchtige Polizeibeamte Wienfried Pünder – übrigens der Sohn des damaligen Oberbürgermeisters – und ich. Das Hauptquartier des Gummikönigs war in der Nähe des Ebertplatzes; an sich gar nicht mein Revier, aber da Elli nicht bereit war, außer mir einen anderen Polizeibeamten zum Lager des Gummikönigs zu führen, gab der Polizeipräsident die Anweisung, daß ich ausnahmsweise in einem anderen Revier „fremdgehen" durfte.

Wie gesagt, wir machten einen Plan, Elli weihte uns in alle Geheimnisse ein, die sie – wer weiß, woher –

erfahren hatte. Sie führte uns zum Haus eines Weinhändlers. Dann wünschte sie uns alles Gute und war weg.

Pünder und ich schauten uns an und konnten nur mit Mühe das Lachen verkneifen. Wir hatten uns nämlich als Fernfahrer verkleidet. Nicht nur die Hände, auch unsere Gesichter waren über und über mit Öl beschmiert.

Der Weinhändler öffnete die Tür. Wir verbeugten uns artig: „Wir sollen eine Ladung abholen."

Er schaute uns erstaunt an: „Ladung? Was für eine Ladung? Wer sind Sie überhaupt?" Doch bevor wir antworten konnten, ließ er uns eintreten, ging voraus und stieg mit uns in den Weinkeller hinab. Überall standen große, wuchtige Fässer.

Mit weinerlichem Gesicht schaute uns der Mann an: „Alle leer, kein Tropfen auch nur in einem einzigen Faß. Ich weiß nicht mehr, wie das weitergehen soll."

Jetzt mußten wir uns genau an Ellis Anweisungen halten. Ich antwortete ihm: „Am schönen deutschen Rhein wird immer wieder guter deutscher Wein wachsen." Das war das vereinbarte Stichwort.

Das Gesicht des Mannes war plötzlich gar nicht mehr weinerlich. Es wurde statt dessen höchst geschäftig: „Und woher kommt ihr?" fragte er ganz sachlich, fast dienstlich. „Vom König aus Düsseldorf!" gaben wir wie aus einem Mund zurück. So hatte es uns Elli eingeprägt.

„Aha", sagte der Mann. Dann forderte er uns barsch auf: „Steht nicht so faul herum, los, packt an!" Gemeinsam rollten wir ein großes Weinfaß zur Seite. Eine Tür kam zum Vorschein. Der Mann führte uns in einen großen Raum, in dem es nach Gummi roch. Er knipste das Licht an – und wir standen in einem riesigen Kellergewölbe, in dem Hunderte Reifen lagerten. Pkw-Reifen, Lkw-Reifen, selbst Reifen für Traktoren, aber auch für Fahrräder. Jetzt wußten wir es ganz genau: Vor uns stand der vielgesuchte Gummikönig.

Wieder fuhr er uns unfreundlich an: „Nun glotzt nicht lange in die Gegend, beeilt euch mit dem Laden. Wieviel sind es diesmal?“ Und dann fügte er drohend hinzu: „Wenn mir euer Chef dauernd andere Leute schickt, ist der Ofen bald aus. Das könnt ihr ihm ruhig ausrichten. Und jetzt rückt erst mal die Mücken raus.“

Pünder knöpfte die Brusttasche seines Monteuranzuges auf und holte ein Notizbuch heraus. Seelenruhig begann er, die Reifen zu zählen und zu notieren.

Der Gummikönig tobte: „Seid ihr verrückt? Buchführung mache ich und sonst niemand, verstanden? Das sind ja immer neue Manieren. Also – wieviel Reifen werden geladen?“

Dann trat ich dazwischen: „Alle!“ Er stutzte und schüttelte den Kopf: „Das geht nicht, das fällt auf, ist viel zu gefährlich. Außerdem – das ist hier ein Millionenwert. Wie stellt ihr euch das vor?“

„Du kriegst genau das, was dir zusteht“, sagte ich ruhig. Wieder wurde er unwillig: „Mich duzt hier niemand, ist das klar?“

Pünder unterbrach seine Reifenzählung, drehte sich zu mir um und nickte: „Der Mann hat recht. Wir dürfen ihn nicht duzen. Der kann sich über uns beschweren . . .“

Jetzt war der Gummikönig vollends aus der Fassung: „Verdammt noch mal, was wird hier gespielt? Wer seid ihr denn überhaupt?“ Das Spiel war für ihn aus. Ich holte meinen Ausweis hervor: „Polizei! Sie sind festgenommen.“

„Wer hat mich verzinkt?“ brüllte er los. Aber schnell beruhigte er sich wieder. Resignierend lehnte er sich gegen einen Reifenstapel: „Einmal mußte es ja schiefgehen, ich wußte es ja.“

Während er dies sagte, machte er mit seinem Fuß eine seltsame Bewegung. Aber wir sahen es sofort. Mit dem Bein wollte er eine kleine Tasche zwischen die Reifen schieben. Wir holten die Tasche hervor: Soviel Geld hatten wir noch nie gesehen.

Pünder begann sofort zu zählen: Es waren genau 98 000 Mark. Bis er dieses Ergebnis zusammenhatte, rief ich die Kripo an, die den lange gesuchten Gummikönig freudestrahlend übernahm.

Vor Freude außer sich war auch noch jemand anders: Elli B. Endlich hatte sie für ihren Mann Rache nehmen können. Wie sie allerdings hinter das Geheimnis des Gummikönigs gekommen war, haben wir nie erfahren.

Polizeihund Ivan als Lebensretter

Ivan war kein Russe. Schon gar nicht hätte zu ihm der Beiname „der Schreckliche“ gepaßt. Ivan war vielmehr ein deutscher Rottweiler mit braunen Augen, die einen so treuherzig anschauen konnten, daß es einem weich ums Herz werden mußte.

Ivan war unser Polizeihund. Auf der Diensthundschule in Bork hatte er sich während seiner Ausbildung die Note 1 geholt.

Der Diensthundführer Polizeimeister Scholz brachte ihm außerdem noch eine Reihe Kunststücke bei, so daß Ivan getrost auch im Zirkus hätte auftreten können. Setzte man ihm den Tschako über die Ohren, richtete er sich auf seinen zwei Hinterbeinen auf und blickte wie ein Gendarm streng in die Runde. Auch die Tabakpfeife ließ er sich geduldig zwischen die Zähne klemmen.

Und wenn Scholz nach Dienstschluß noch schnell für einige Minuten in die Wirtschaft ging, bestellte er kurz: „Für mich einen Korn und für Ivan ein Kölsch.“ Das war für den Rottweiler das Signal: Er legte die Vorderpfoten begierig auf den Tresen und leckte vom

Kölsch den Schaum. Alles lachte, nur Ivan gab sich betont gelassen.

Weniger gelassen aber zeigte sich Ivan im Dienst. Wir waren alle überzeugt: Dieses Tier mußte so etwas wie den sechsten Sinn haben. Ich erlebte es mehr als einmal. Da standen wir in der Dämmerung an der Kreuzung Dreikönigenstraße/Annostraße, als sich ein Radfahrer näherte. Ohne daß Scholz oder ich ein Zeichen gegeben hätten – plötzlich schnellte der Hund hoch, sprang den Radfahrer an und zwang ihn anzuhalten. Wütend brüllte der Mann uns zu: „Wat es loß? Wat will dä vun mir? Ich weeden mich üvver Sie un dä Köter beschwere!"

Wir waren selbst etwas verblüfft, aber dann hob Scholz den Zeigefinger: „Der Hund hat genau gesehen, daß Sie ohne Licht fahren." In diesem Augenblick kamen zwei andere Radfahrer vorbei: mit Licht. Ivan würdigte sie keines Blickes.

An einem anderen Abend ging ich mit Scholz und Ivan am Rhein entlang. Plötzlich schießt Ivan wie eine Rakete los. Mit einem kraftvollen Sprung ist er im Wasser. Wir begreifen noch immer nicht, können allerdings in der Dunkelheit auch kaum etwas sehen. Scholz ist überzeugt: „Er hat irgend etwas im Wasser entdeckt."

Wir brauchen nicht lange zu warten. Prustend, schnaufend und sich schüttelnd kommt Ivan schon wieder aus dem kalten Wasser zurück. Mit dem Maul zerrt er einen Pappkarton ans Ufer und beginnt dann heiser bellend um den Karton herumzutanzen. Wir laufen hin, reißen die Pappe auseinander: winselnd tapsen vier winzig kleine Hündchen heraus. Ivan beleckt die frierenden, zitternden Knäuel mit seiner wärmenden Zunge, als wären es seine eigenen Kleinen. – Noch an diesem Abend konnten wir die vier Hündchen im Vringsveedel verschenken.

Eines seiner Glanzstücke leistete sich Ivan am

Ostersonntag 1948. Ich werde dieses Datum nicht vergessen. Als ich in der frühen Abendstunde mit Scholz und Ivan an einem Trümmergrundstück in der Nähe von St. Georg vorbeikam, begann der Hund plötzlich zu knurren und an der Leine zu zerren. Scholz machte ihn frei. Ivan raste in die Trümmer, wo wir sofort ängstliche Hilferufe hörten. Langsam kamen die Umrisse eines Mannes zum Vorschein. „Was machen Sie denn da?" rief ich ihm zu. Wie aus der Pistole geschossen kam die Antwort: „Ach, das ist eine ganz blöde Sache. Meine Frau, das doofe Luder, hat mir gesagt, hier hätte sie für mich ein Ostergeschenk versteckt."

„Hier?", fragten Scholz und ich wie aus einem Munde zurück. Der Mann nickte: „Ja, hier oder nebenan in dem Keller. Wissen Sie, wir wohnen hier gleich um die Ecke, und meine Alte macht schon manchmal so dumme Späße . . ."

Ich schaute Scholz an, er blickte mich an – hier war doch etwas faul. „Wo ist denn der Hund?" wunderte ich mich. Scholz war ebenso erstaunt: „Ja, wo ist denn Ivan? Komisch . . ." Er hob beide Hände trichterförmig vor den Mund und wollte das Tier rufen – da keuchte Ivan bereits aus den Trümmern zurück. Wieder schleppte er mühsam etwas mit sich – einen alten Koffer.

Unser Mann gab sofort auf, obwohl wir noch gar nicht wußten, was eigentlich im Koffer war. Wütend gestand er: „Nun, da habt ihr es endlich. Von mir aus macht mit dem Zeug, was ihr wollt!"

Ich öffnete den Koffer. Zum Vorschein kamen zwei silberne Kerzenleuchter und eine alte Madonna. Gestohlen aus einer Kapelle in der Eifel, wie uns der Einbrecher sogleich berichtete. „Mann, aber so etwas klaut man doch nicht", erregte sich Scholz. Der Fremde zuckte mit den Schultern: „Vom Beten allein werd ich nicht satt . . ."

Seinen schönsten und größten Erfolg aber hatte Ivan an einem heißen Juli-Nachmittag. Wir kamen am Rheinauhafen vorbei, wo wieder einmal an die dreißig Kinder badeten, was allerdings verboten war. Als die Pänz uns sahen, grölten sie übermütig: „Schnäuzer, fang uns doch!"

Alle Jungen schauten zu uns herüber. „Ich krieg euch noch alle", schrie ich ärgerlich zurück, obwohl ich wußte, daß ich im Augenblick so gut wie machtlos war. Das war ein Geschrei und Gejohle, daß man sein eigenes Wort nicht verstehen konnte. Scholz grinste mir zu: „Am besten, wir machen uns aus dem Staub. Für die Pänz sind wir jetzt doch nur Schießbudenfiguren."

Wir drehten uns um – nur Ivan war nicht mit von der Partie. Mit einem kraftvollen Ruck hatte er Scholz die Leine aus der Hand gerissen. In weiten Sätzen jagte er zur Kaimauer zurück, und mit einem mächtigen Satz sprang er ins Wasser.

Mir wurde bange: „Menschenskind, Scholz, der springt doch nicht etwa die Kinder an?" Ich war außer mir. Aber Scholz kannte Ivan viel zu gut: „Unsinn, Herr Kommissar, das tut er nicht. Da muß was anderes los sein."

Er hatte sich auch diesmal nicht getäuscht. Mehrmals tauchte der Hund unter, immer wieder, wie ein Stein ließ er sich untergehen. Und dann kam er plötzlich mit dem leblos scheinenden Körper eines der badenden Jungen hoch und schwamm mit ihm zur Treppe der Kaimauer. Den Arm des Jungen fest in seiner Schnauze.

Einer der Zuschauer rief entsetzt: „Dä Köter hät faß zojebisse; dat weed för de Polizei ene düre Spaß!"

„Quatsch!" brüllte ihn Scholz an. Wir rannten zur Treppe und zogen den Jungen hoch. Von einem Biß war nichts zu sehen. Lediglich eine Druckstelle, die sich jetzt langsam blau färbte.

Wir machten mit dem ohnmächtigen Jungen sofort Wiederbelebungsversuche. Er kam bald zu sich. Nur Ivan hatte bemerkt, daß das Kind inmitten seiner lachenden Schwimmkameraden mit dem Leben kämpfte. Der Krampf in seinem Bein war so schnell gekommen, daß er noch nicht einmal um Hilfe rufen konnte.

Genau zehn Jahre hielt uns Ivan die Treue, zehn Jahre, in denen er zum besten Freund aller Polizisten vom 1. Revier wurde.

Bis er dann eines Tages einen Einbrecher stellte, der ihn mit mehreren Messerstichen schwer verletzte. Der Tierarzt tat alles, um Ivan wieder zurechtzuflicken. Immer wieder mußte das Tier genäht werden. Geduldig hielt es alle Prozeduren aus. Bis dann der Arzt den Kopf schüttelte: „Was wir machen, ist doch nur noch eine Quälerei für das arme Tier."

So bekam unser Ivan die erlösende Spritze. Jeder wird verstehen, was sein Tod damals für uns bedeutete.

Paß op, dä Schnäuzer kütt!

Tagelang hatte ich ein komisches Gefühl. Es überkam mich plötzlich, wie ein zweites Gesicht, man ahnt Unheil, Verdruß oder Mißgeschick.

Da saß ich oft in meinem Büro und überdachte meine Lage, kaute an meinem Bleistift herum und wollte das lästige, üble Gefühl loswerden. Ich spürte, daß sich ein Gewitter gegen mich zusammenbraute.

Als meine Frau mir dann sagte: „Du mußt dich in den nächsten Tagen vorsehen; ich habe ein Gefühl, man will dir was", da war es mit meiner Geduld vorbei. Bissig gab ich ihr zur Antwort: „Jetzt will ich es wissen. Du hast wie immer recht, liebe Frau. Die Gegenseite hat mit allen möglichen Dingen versucht, mich straucheln zu lassen. Es ist den Dunkelmännern nicht geglückt. Jetzt werden sie mir natürlich noch ihr Letztes anbieten."

„Und was soll das sein?" fragte meine Sibylle.

Ich ballte die Fäuste, blickte sie offen an und sagte: „Man wird deinem Mann anständig die Hucke vollhauen. Danach liegt er für einige Monate im Severinsklösterchen, läßt seine Knochen flicken und bittet nach der Krankenhausentlassung um seine Versetzung in ein ruhigeres Revier. Die Gegenseite hat dann die Schlacht gewonnen, und das Schreckgespenst ‚Paß op, dä Schnäuzer kütt' ist wie mit einem nassen Schwamm fortgewischt."

Meine Frau wurde blaß. „Meinst du, so etwas würde man wagen?" Ich lachte: „Wagen wohl, aber ob es den Burschen gelingt, mich zusammenzuschlagen, steht noch nicht fest. Also Kopf hoch! Mein bester Freund war und ist meine Handkante."

In der Nacht herrschte starker Nebel. Gegen 1.30 Uhr fuhr ich durch die Rheinaustraße, die damals noch viele Trümmergrundstücke hatte. Vom Rhein her kamen mir fünf Gestalten entgegen. Im Nebel sahen sie aus wie Geistergestalten, die sich in einer Gruft zusammengefunden hatten. Sie gingen nebeneinander und wirkten wie eine Mauer, die mir den Weg versperren wollte. Ich fühlte etwas Gefährliches auf mich zukommen und wußte sogleich, hier kommen die Männer, die dir eine anständige Portion Prügel verabreichen sollen. Ich sprang vom Rad.

Der von mir aus links stehende Mann zischte: „Jetzt hammer en! Ärm Schnäuzerlein, us dir maache mer jetz e nett Paketche!" Der zweite Geselle brummte in tiefem Baß „Dä maache mer jetz fädich un schmießen en dann en dat Kellerloch do." Mein Fahrrad legte ich dem fünften Kerl zu Füßen und sagte: „Wenn ihr mich hier fertigmachen wollt, kann ich das verstehen, aber bringt wenigstens das Dienstfahrrad zur Wache. Es genügt schon, wenn ihr es vor die Tür stellt."

Die übrigen vier Schläger duckten sich wie Panther, um mich anzugreifen.

Ein Aufschrei unterbrach die Stille der Nacht. Wie ich es bei den Japanern gelernt hatte, handelte ich Bruchteile schneller als meine Gegner. Dem Zweiten spuckte ich voll ins Gesicht, dem Ersten trat ich mit der Schuhspitze vor den Kehlkopf. Mit demselben Fuß traf ich die Leber des Angespuckten. Leider

konnte ich nicht verhindern, daß ein rechter Gerader trotz Abblockung meine Stirn traf. Ich dachte, eine Eisenfaust hätte meinen Kopf getroffen. Zum Glück gab es nur ein Horn. Dem dritten Kerl trat ich gegen den Leib, so daß er nach hinten zusammenbrach. Als der Vierte mit zwei Boxhaken über mich herfiel, blockte ich ihn karatemäßig ab und versetzte ihm zwei Handkantenschläge auf die Halsschlagader. Wie ein leerer Zuckersack fiel er in die Horizontale. Zu meiner Überraschung stand der Fünfte wie zu einer Salzsäule erstarrt da und stotterte: „Schnäuzer, ich han, han doch, doch ja, ja nix jedonn, un . . . un och nix jesaht!"

Ich nickte: „Ihre Kumpane kommen gleich wieder zu sich. Sagen Sie ihnen, bei fünf Mann halte ich das noch für eine sportliche Begegnung, kommt ihr aber zu sechs, werde ich böse und schieße euch einen Wasserrohrbruch in den Bauch."

Bei diesen Worten zückte ich meine Dienstpistole und ließ den Stotterer in die Mündung schielen. Trotz der schlechten Straßenbeleuchtung und des Nebels sah ich, wie er blaß wurde.

Ich bestieg mein Fahrrad und fuhr die Kontrolle weiter. Am nächsten Morgen wurde ich bei meiner täglichen Hafeninspektion von fast allen Hafenarbeitern freundlich begrüßt. „Morjen, Herr Kommissär, jode Morjen, Herr Schnäuzer."

Mein Horn, das mir der eine Kerl geschlagen hatte, war angeschwollen und schmerzte. Wochenlang paßte mir kaum die Mütze. Ich ließ es mir aber nicht anmerken.

Im Revier 1 hatte es sich rasch herumgesprochen: Dä Schnäuzer hät kein Angs, dat es ene richtije Kääl.

Der Gentleman und die Lady

Wir hatten gerade unsere Frühbesprechung im Revier beendet. Auf dem Weg zu meinem Büro traf ich im Korridor zwei auffällig aussehende Damen, eine große schlanke Blondine und eine üppige kleine Schwarzhaarige mit Augen wie ein Puma. Ihr aufreizendes Parfüm stieg mir gleich in die Nase.

Ich dachte: Die Kleine hat bestimmt Haare auf der Zunge. Und so war es. „Herr Kommissär" begann sie, künne mer Üch ens spreche?" Ich nickte und ließ beide in meinem Büro Platz nehmen. Die Blonde hatte noch kein Wort gesagt, verschämt blickte sie zu Boden. Dafür aber führte die andere das Wort.

„Wessen Se, dat Isolde schammp sich, weil et met mir en dr Jass steht un aanschaff. Mein Jott, han ich jesaat. Wann dich dr Schohn drück, dann sach et doch däm Schnäuzer. Ihr sitt mer jo nit bös deswäje. Und dann han ich et Isolde erüwer jebraat, un jetzt kann et Üch selvs verzelle, wat loß es."

„Mein Name ist Isolde von Hohenberg", stellte sich die Blondine vor. „Wir hatten ein Gut in Ostpreußen. Mein Mann war Oberstleutnant bei der Wehrmacht. Er wurde als Kriegsverbrecher zu 10 Jahren verurteilt und sitzt in Werl ein. Zuhause habe ich drei Kinder von 10, 12 und 13 Jahren. Meine alte Mutter von 72 Jahren habe ich bei mir. Alle wollen essen, alle wollen warm sitzen und gekleidet sein. Die Miete und die Nebenkosten sind in der schweren Nachkriegszeit kaum zu erschwingen. Ich hatte eine Stellung bei einer Handelsfirma, verdiente aber so wenig, daß wir mit dem übrigbleibenden Geld gerade 3 Pfund Butter kaufen konnten. Verzweifelt entschloß ich mich, der Not ein Ende zu machen. Zuerst stellte ich mich als Barfrau in verschiedenen Lokalen der Stadt vor. Leider sagte man mir, ich sähe zwar noch gut aus, aber für den Barbetrieb brauche man nur junge Dinger. Enttäuscht lief ich davon. Auf der Severinstraße sprach mich eine Frau an, und nachdem ich ihr mein Leid geklagt hatte, sagte sie: ‚Dem könnten wir abhelfen. Für die Bar sind Sie zwar zu alt – doch bei mir im Haus können Sie noch zu Geld kommen.' Ich war wie vom Donner gerührt, als ich erfuhr, daß man mir den Vorschlag gemacht hatte, in einem Bordell in der Nächelsgasse mein Dasein zu verbessern und damit das der Kinder und meiner alten Mutter. Keiner daheim weiß, was ich wirklich treibe. Ich glaube, meine Mutter brächte sich vor Scham sofort um – meine Kinder könnten mich auch nicht verstehen. Bitte, helfen Sie mir: Ich habe große Angst, meine Kinder könnten hinter das Treiben ihrer Mutter kommen. Es gäbe ein Drama. Wäre mein Mann daheim, würde er sich Arbeit beschaffen, und ich könnte wieder Hausfrau und Mutter sein." Ich nagte an meiner Unterlippe und dachte: Wie soll ich der Frau helfen können? Der Mann sitzt in Werl – ich sitze in Köln. Verbindung mit der Militärregierung aufzunehmen und ein Gesuch für die vom Schicksal gequälten Menschen in Gang zu setzen, würde unendlich lange dauern und kaum Aussicht auf Erfolg bieten.

Für einige Minuten blieb es stumm im Raum. Ich überlegte und überlegte.

Dann wurde das Schweigen im Büro unterbrochen. Die Frau mit den Pumaaugen blickte mich an und sagte: „Herr Kommissär, wie wör dat, wenn Ehr ens en Werl ene Besöök machen dät? Villeich hatt Ehr do Erfolch."

Ich lachte, drehte den Kopf hin und her und schlug dann mit der Faust auf die Schreibtischplatte. „Ich hab's", sagte ich laut und überzeugend. „Nicht ich, sondern Frau von Hohenberg wirft sich in die beste Garderobe und trägt ihr Anliegen selbst dem Haftkommandanten vor. Aber wir müssen uns etwas besonderes ausdenken, um Sympathien zu schaffen."

Wieder überlegte ich. Dieses Mal zündete es schneller bei mir. Zur Blondine gewandt, sagte ich: „Der Donnerstag ist immer ein guter Tag. Sie fahren nach Werl, melden sich beim Ordonnanzoffizier, erhalten einen Laufzettel, den Sie ruhig ausfüllen und abgeben. Anschließend wird man Sie dem Colonel zuführen. Wenn Sie sein Büro betreten, nehmen Sie zunächst keine Notiz von ihm, sondern wenden sich dem Bild der Englischen Königin zu. Vor dem Bild machen Sie, so gut Sie können, einen Hofknicks. Dann erst grüßen Sie den Kommandanten. Bleiben Sie ehrlich und sagen Sie ihm genau die Wahrheit, wie es mit Ihnen augenblicklich steht. Vielleicht erreichen Sie, daß Ihr Mann früher nach Hause kommt."

„Meinen Sie, das hätte Zweck?" – „Versuchen können wir es doch, und es kostet Sie auch nicht Ihre Freiheit. Im Gegenteil, man wird Sie dort als eine Lady empfangen. Glauben Sie mir doch, und lassen Sie mich wissen, was Sie erreicht haben." Beide verließen mein Büro. Draußen hörte ich die Schwarzhaarige sagen: „Dä Trick met däm Knicks es ja nit esu übel. Dä Schnäuzer hät joode Ideen. Jetz bin ich selver jespannt, wie dat usjeiht."

Am nächsten Samstag kam Frau von Hohenberg wieder zu mir. Diesmal allein. Sie strahlte über das ganze Gesicht. Ihre Augen hatten einen Glanz, als läge ihr die ganze Welt zu Füßen. Neugierig fragte ich: „Na, was hat der Colonel gesagt?"

„Herr Kommissar, ich habe mich genau nach Ihren Anweisungen verhalten. Alles lief so ab, wie Sie es mir geschildert hatten. Im Büro des Kommandanten hing ein großes Bild der Königin Elisabeth. Nach meinem Eintritt erhob sich der Offizier, kam auf mich zu und hielt mir zur Begrüßung seine Hand entgegen. Ich wandte mich jedoch langsam von ihm ab und machte den Knicks vor der Queen. Dann hörte ich den Engländer erstaunt sagen: „Oh, Lady, Sie verehren unsere

Königin! Das ist aber sehr schön. Bitte, womit kann ich Ihnen dienen?"

Er reichte mir die Hand und bot mir in einem schweren Ledersessel einen Platz an. Mein Herz klopfte schwer. Aber ich hielt mich an die brutale Wahrheit.

‚Ich bin keine Lady, Mister Colonel, nein, die Auswirkungen des Krieges haben mich zu einer Dirne gemacht. Mein Mann sitzt hier ein. Er hat zehn Jahre abzusitzen. Drei Kinder und eine alte Mutter von 72 Jahren teilen mein Schicksal. Bitte, überprüfen Sie den Fall; vielleicht ist es möglich, daß Sie meinen Mann früher nach Hause schicken können.' Mir rannen die Tränen wie kleine Sturzbäche über die Wangen. Meine Tusche an den Augenwimpern verlief im Taschentuch wie Tinte.

Der Colonel biß die Zähne zusammen, blickte mich an und sagte: ‚Donnerwetter, so etwas nennt man Schicksal. Für mich bleiben Sie eine Lady. Wir Engländer wissen, wo wir gentlemen sein müssen.' Er drückte auf eine Klingel, der Ordonnanzoffizier erschien und erhielt den Auftrag, die Akte von Hohenberg zu holen. Ich beruhigte mich. Sollte man mir wirklich helfen wollen? Minuten später studierte der Colonel die umfangreiche Akte meines Mannes. Dann hörte ich ihn sagen: ‚Sie können in aller Ruhe nach Hause fahren. Ich verspreche Ihnen, den Fall Ihres Gatten der Kommission vorzulegen. Einen Bericht über das, was Sie mir geschildert haben, werde ich dazulegen.' Ich bedankte mich und stand Minuten später draußen auf der Straße. Mir brummte der Kopf. Meinen Mann durfte ich nicht einmal sehen. Ich bin gespannt, ob der Kommandant Wort hält."

Acht Monate später erfuhr ich, daß der Oberstleutnant frei war, daß er durch Vermittlung eine gute Stellung erhielt und daß seine Frau nun wieder bei ihm war.

Dat Päd es durch de Deck jekumme!

Es war ein sehr nebliger Märzmorgen, als ich auf dem Chlodwigplatz stand. Ich glaubte meinen Augen nicht zu trauen, als ich plötzlich von der Bonner Straße her den Hannes Becker auf mich zukommen sah. An der Leine hielt er ein erbarmenswert aussehendes Pferd. Beide trabten durch den Nebel, genau auf mich zu, ohne daß Hannes mich sah.

Vielleicht war er auch nur deshalb so ruhig. Denn meistens machte er einen großen Bogen, sobald er mich erkannte. Grund genug hatte er. Als einer der raffiniertesten Schieber des Vringsveedels mußten wir uns immer wieder mit ihm befassen, allerdings ohne ihm auf seine Schliche zu kommen.

An diesem Morgen jedoch sah er mich zu spät. Plötzlich standen wir einander im Nebel gegenüber. „Nanu", fragte ich verwundert, „was willst du mit dem Pferd?"

„Met däm Päd? Ah so, met däm Päd", stotterte er verlegen. Dann grinste er mich breit an: „Herr Kommissär Schnäuzer, ich lerne jetzt reiten."

Mir verschlug es die Sprache. Alle hungerten, alle froren, niemand hatte etwas Warmes anzuziehen, jeder dachte nur daran, wie man diese böse Zeit überleben konnte – und Hannes wollte sich dem edlen Reitsport widmen.

„Junge, du hast Sorgen!" sagte ich fast verächtlich. Ungerührt erwiderte er: „Wie man et nimmt, Herr Kommissär." Im übrigen war ich von diesem Intermezzo im Nebel so überrascht, daß ich vergaß, nach der Herkunft des Pferdes zu fragen.

Auf der Wache erzählte ich von den luxuriösen Ambitionen unseres Sorgenkindes. Einer meiner Polizeibeamten machte ein skeptisches Gesicht: „Wenn das nur mal stimmt. Beim Hannes steckt doch meistens ein krummes Ding dahinter . . ."

Aber wir hatten damals so viel zu tun, daß ich während des Tages keine Zeit mehr hatte, mir über die Reitstunden des Hannes Becker noch weitere Gedanken zu machen.

Um so intensiver mußte ich mich mit Hannes und seinem Pferd dann am späten Abend beschäftigen. Ich wollte gerade die Wache verlassen und nach Hause gehen, als plötzlich der Flickschneider Tümann die Tür aufriß, mich atemlos ansah und dann losbrüllte: „Herr Kommissär, dat Päd es durch de Deck jekumme! Dat es nur dä verdammte Hannes schuld, dä Dreckskääl!"

Er stieß noch einen heiseren Fluch aus – und schon war er wieder weg. Einer unserer Wachtmeister schrie jetzt ebenfalls: „Sehen Sie, da war doch ein krummes Ding dahinter!"

Rauf aufs Fahrrad und ab zur Severinstraße, zu dem Haus, in dem Hannes wohnte und wo wir schon so manche – ergebnislose – Hausdurchsuchung angestellt hatten.

Flickschneider Tümann stand vor dem Hauseingang und zeterte: „Dat janze Hus krach zesamme, wat ene Quatsch, e Klüttepäd en de Wonnung ze nemme, dat jitt et doch nit . . ."

Ich trat ins Haus, ging in die Parterrewohnung des empörten Tümann und befand mich zuerst inmitten einer Staubwolke von heruntergefallenem Putz. Was ich dann sah, werde ich mein Leben lang nicht vergessen: Aus der durchbrochenen Zimmerdecke ragten zwei Pferdefüße herab und baumelten genau über den Ehebetten des Meisters Tümann. Alles war mit Staub und herabgefallenem Mörtel bedeckt. Es sah wie nach einem Bombenangriff aus. Solche Bilder hatten wir ja damals noch sehr lebhaft in Erinnerung.

Und dann hörte ich aus der über mir liegenden Wohnung Stimmen, laut, aufgeregt, schrill. Am lautesten natürlich das Organ meines Freundes Hannes.

Ein Fluch nach dem anderen, geradezu furchterregend anzuhören.

Aber fast ebenso laut die kreischende Stimme seiner Frau: „Ich han et dr jo jesaht, dat jeiht nit jot, dat nimmb e schlemm Engk. Un wenn dat dä Schnäuzer spetzkritt, dann bes do dran, dat sagen ich dir!"

Die Ahnungslose wußte nicht, daß der Schnäuzer bereits im Hause war. Hinter mir brüllte der Flickschneider: „Herr Schnäuzer, dun Se jet, dun Se jet, su jeiht dat nit wigger . . .“

Mir war alles klar. Um zu erfahren, was hier geschehen war, bedurfte es keines allzugroßen kriminalistischen Spürsinns. Gemächlich stieg ich die knarrende Holztreppe hinauf und stand dann in Hannes' Wohnung.

Er sah mich und ließ sich sofort auf den Stuhl fallen: „Dä Schnäuzer . . .! Leck mich en dr Täsch, dä fählt jrad noch, usjerechnet dä Schnäuzer.“

Im gleichen Augenblick stürzte sich die Frau über ihren Hannes, trommelte mit ihren Fäusten auf seinen Kopf ein und kreischte unentwegt: „Dä, do Tünnes, dä, do Blödmann, dä, do Doofkopp . . .“

Hannes wehrte sich noch nicht einmal. Ich mußte dazwischenspringen und ihn aus der erbarmungslosen Gewalt seiner zornigen Frau befreien. Nur einmal wagte er zu sagen: „Hald de Schnüß!“ Aber sofort bekam er neue Prügel von ihr. Daraufhin gab er es auf und war froh, als ich ihm kurz und bündig erklärte:

„Herr Becker, wegen des Versuchs einer Schwarzschlachtung nehme ich Sie fest. Folgen Sie mir auf die Wache.“ Er war sogar offensichtlich froh, nicht mehr seiner Frau ausgeliefert zu sein.

Inzwischen erschien auch der Tierarzt, und das sich quälende Tier wurde sofort getötet. Hannes bekam endlich die verdiente Gefängnisstrafe. Sein Nachbar Tümann verklagte ihn später auf Schadenersatz, aber ohne Erfolg: Hannes setzte sich in die Fremdenlegion ab und ist seitdem verschollen.

Übrigens: Auf die Frage, woher er das Klüttenpferd hatte – bekam auch der Richter keine glaubwürdige Antwort.

Der Graf mit dem Glasauge

Es fing damit an, daß wir auf der Wache vergeblich auf den langen Jupp gewartet hatten. In einer Diebstahlsache sollte er vernommen werden. Er erschien aber erst einen Tag später, als er vorgeladen war. Nach den Gründen der Verspätung befragt, druckste er so merkwürdig herum, daß ich immer neugieriger wurde. Bis er dann verriet: „Jo, Herr Schnäuzer, do es dä Jraf dran schold ..." – „Welcher Graf?" fragte ich. Da schaute mich der fast zwei Meter große Metzgergeselle erstaunt an: „Wat? Dä kenne Se nit? Dä Jraf met däm Jlasauch? Nu maachen Se ävver halvlang ..."

So kam ich auf die Spur vom Grafen mit dem Glasauge. Ein Blumenbeschwörer, Handdeuter, Weissager – ein Mann, dem nachgesagt wurde, in die Zukunft schauen zu können. Meinem Jupp hatte er prophezeit: „Gehen Sie heute nicht zur Polizei. Das bringt Ihnen eine Menge Ärger. Gehen Sie morgen hin, das ist besser für Ihre Angelegenheit!"

Diesen Grafen mußte ich kennenlernen. Und ich fand ihn schnell. Er saß in einer Wirtschaft an der Alteburger Straße. Um ihn herum ein halbes Dutzend älterer Frauen, von denen jede einen Blumentopf mit einer Zimmerpflanze erwartungsvoll in den Händen hielt. Der Mann selbst saß an einem Tisch, vor sich ein halb geleertes Glas Bier und einen mickrigen Gummibaum. Die Besitzerin des Gummibaums stand erwartungsvoll neben dem Tisch. Und alle schauten gebannt auf das, was da geschah.

Der Mann hielt pathetisch und mit dem ernsten, würdevollen Gesicht eines Leichenbestatters seine halb ausgestreckte rechte Hand vor die Pflanze. Ich glaubte nicht richtig zu sehen: Auf dem Handteller lag ein Auge, ein glänzendes, aber dennoch höchst unappetitliches Glasauge, dessen Pupille auf die schlapp herabhängenden Blätter der Pflanze gerichtet war. Der

Kellner schlich sich schnell an mich heran: „Nit stüre, Herr Kommissär, söns klapp et nit!"

„Was läuft hier für ein Quatsch?" brüllte ich dennoch in die Wirtsstube hinein, „was soll denn dieser Unsinn?"

Alle schauten mich ärgerlich, einige sogar böse an. Der Kellner zeigte aufgeregt mit dem Finger auf mich: „Dä mäht alles kapott. Hä jläuw, weil hä vun dr Polizei es . . ."

In diesem Augenblick erhob sich der sonderbare Pflanzenbeschwörer und machte vor mir eine artige, tiefe Verbeugung: „Gestatten, Herr Polizeipräsident, mein Name ist Graf. Man nennt mich zwar den Grafen, aber ich heiße nur so. Ich möchte . . ."

Er konnte nicht weitersprechen, denn plötzlich fielen alle Frauen über mich her: „Erus met däm Käl!" Wat jeiht dat dä dann aan?" Es gab ein so lautes Geschrei, daß ich es tatsächlich für besser hielt, den Ort des Geschehens zu verlassen. Die älteren Damen hätten mich glattweg verprügelt.

Aber jetzt wollte ich wissen, was es mit dem sonderbaren Grafen auf sich hatte. Es war nicht schwer, eine Menge zu erfahren. Schon seit drei Wochen zog der Mann durch das Vringsveedel, „besprach" Pflanzen, deutete den Leuten die Zukunft aus den Handlinien und manchmal auch aus dem Kaffeesatz, obwohl dieser meist nur aus Muckefuck bestand. Und ließ sich dabei nicht unbescheiden honorieren. Für „schwierige Fälle" wurde ein Sonderhonorar gezahlt – denn bei schwierigen Fällen nahm der Graf sein Glasauge aus dem Kopf, legte es auf die Hand und ließ die gläserne Kugel „in die Zukunft schauen".

Was mich aber am meisten wunderte: Nahezu alle, die die geheimnisvollen Dienste des Grafen in Anspruch genommen hatten, waren von seinen magischen Kräften überzeugt. Eine Kaufmannsfrau aus der Severinstraße, die ich sehr gut kannte und die ich immer für sehr realistisch gehalten hatte, erzählte mir: „Stellen Sie sich vor, meinem Mann hat er gesagt, er soll sich die nächsten drei Tage sehr in acht nehmen – ihm drohe Unglück. Und zwei Tage danach brach sich mein Mann das Bein. Nun sagen Sie bloß noch, das ist Schwindel . . .!"

Je mehr ich herumhörte, desto mehr fühlte ich, daß ich hier auf scheinbar verlorenem Posten stand. Selbst Leute, die mir ansonsten sehr wohlgewogen waren, wurden eisig, wenn ich drohte, dem Grafen sein Handwerk zu legen. Aber es sprach sich herum, daß ich dem Grafen ans Fell wollte. Und prompt kamen immer mehr Frauen auf die Wache, um mich von den Wunderkräften des Grafen zu überzeugen.

Alle wußten zu berichten, wie sehr seine Weissagungen in Erfüllung gegangen waren. Mindestens zwanzig Blumentöpfe mußte ich begutachten, Agaven, Gummibäume, Kakteen – alles Pflanzen, die sich nach der „Besprechung mit dem Glasauge" plötzlich prächtig entwickelt hatten. Mein Wachhabender Renner winkte grinsend ab: „Herr Kommissar, gegen die Dummheit hat auch die Polizei noch kein Kraut erfunden."

An einem Abend traf ich den Grafen persönlich ein zweites Mal. Wir begegneten einander an der Bottmühle. Wieder verbeugte er sich tief: „Ich wünsche Ihnen einen erholsamen Abend, Herr Polizeipräsident." Dann griff er plötzlich nach meiner Hand, drehte die Innenfläche nach oben, und bevor ich sie zurückziehen konnte, stöhnte er wie unter Schmerzen auf: „Oh, Herr Polizeipräsident, Ihnen droht Ungemach. Ich sehe hier eine böse Linie, da ist eine Kreuzungsstelle mit einer heimtückischen Gefahr für Sie . . ."

„Schluß jetzt", fuhr ich ihn an und zog die Hand zurück, „nun wollen Sie vielleicht dafür auch noch Geld haben, Sie Betrüger?" – Er tat sehr erstaunt: „Ich will nie Geld haben, das schenken mir die Leute ganz allein von sich aus. Ich fordere nie etwas, aber Geschenke lehne ich nicht ab."

Auch das noch! Denn wenn es wirklich so war, wie er sagte, war es ja noch schwerer, ihn vor Gericht zu bringen. Trotzdem schnauzte ich ihn an: „Das verspreche ich Ihnen, Sie bringe ich noch vor den Richter, verlassen Sie sich darauf!" Unbeeindruckt verbeugte er sich abermals: „Wünsche nochmals einen schönen Abend, Herr Oberpolizeipräsident."

Am selben Abend bekam ich fast einen Tobsuchtsanfall, als ich auf der Wache erfuhr, daß auch die Frau eines meiner Polizeibeamten die Dienste des raffinierten Weissagers in Anspruch genommen hatte. Was mochte denn noch alles kommen? Niemand aus der „gräflichen" Kundschaft war bereit, gegen ihn auszusagen.

Doch dann war plötzlich alles vorbei. Und da sind wir wieder beim langen Jupp, den ich bereits zu Beginn der Geschichte erwähnt habe. Jupp hatte den Grafen gleich mehrere Male in Anspruch genommen. Fast tat er nichts mehr, ohne sich vorher prophezeien zu lassen, ob sein Tun erfolgversprechend sei oder nicht. Und so ließ er sich auch genau prophezeien, ob der Freitag günstig sei für eine „geschäftliche Angelegenheit".

Um welche Angelegenheit es sich handelte, verriet er dem Grafen freilich nicht. Der Graf hatte den Kopf geschüttelt. Nachdem wieder einmal sein Glasauge lange genug in die Zukunft geschaut hatte, warnte er Jupp: „Um Gottes willen, nur nicht Freitagabend. Da stehen alle Konstellationen gegen Sie. Jedes Unternehmen am Freitagabend bringt böse Nachteile. Aber der Donnerstagabend – da kann nichts schiefgehen, an diesem Abend sind Sie zu Glück und Reichtum einfach verurteilt."

Jupp bedankte sich erleichtert, zahlte 50 Mark und

ging fort. Am nächsten Abend, es war genau der erwähnte Donnerstagabend, nahmen wir Jupp beim Einbruch in einen Lagerschuppen im Rheinauhafen fest. „Dä verfluchte dreckelije Jraf!“ brüllte er los. Ich erfuhr, was vorgefallen war.

Drei Tage später wurde Jupp aus der U-Haft entlassen. Seine erste Handlung: Er verprügelte den Grafen mit dem Glasauge in einer Wirtschaft so hart, daß der ins Krankenhaus gebracht werden mußte. Und von da an kam er nie wieder ins Vringsveedel zurück.

Drei Hasen aus der Eifel

Die Diensteinteilung während der Feiertage war bei uns immer ein kleines Problem. Die älteren Beamten legten natürlich Wert darauf, die ruhigen Tage bei ihrer Familie zu verbringen, aber auch die jüngeren Polizisten sahen nicht so recht ein, weshalb sie zu Weihnachten, Ostern und Pfingsten nicht bei ihren Freundinnen und Verlobten sein durften.

Als vor den Osterfeiertagen 1948 in unserem Revier wegen der Diensteinteilung die Meinungen wieder einmal hart aufeinanderprallten, erklärte ich mich bereit, am Ostermontag den Dienst außer der Reihe zu übernehmen. Das gute Beispiel zündete: Mehrere andere Beamte erklärten sich ebenfalls bereit, freiwillig den Feiertag im Revier zu verbringen.

Was ich dann am Vormittag dieses Tages erlebte, weiß ich noch ganz genau. Auf meinem Fahrrad fuhr ich langsam durch die Straßen des Rheinviertels und blinzelte zufrieden in die ersten wärmenden Sonnenstrahlen. Auf der Bottmühle schaute der Hafenarbeiter Jupp Z. aus dem Fenster und ließ sich ebenso zufrieden die Sonne ins Gesicht scheinen. Als er mich sah, rief er sofort herunter:

„Ach, Herr Kommissar? Haben Sie Dienst? Bei

diesem schönen Wetter? Mensch, ein Schnäpschen könnten Sie aber doch vertragen ..."

Sprach's und war weg vom Fenster. Und eine halbe Minute später stand er schon vor der Haustür. „Los, Schnäuzer, kommen Sie für einen Sprung rauf ...!"

Nun hatte mir der gute Jupp schon einmal einige Sorgen bereitet. Er stand im Verdacht, im Hafen einen Sack Zucker gestohlen zu haben. Aber es war damals beim Verdacht geblieben. Ich hatte ihm eine gehörige Standpauke gehalten und ihn gewarnt: „Sie haben drei Kinder, machen Sie keine krummen Sachen. Sie wissen, wir kommen allen auf die Schliche." Hoch und heilig hatte er versprochen, nie vom rechten Weg abzukommen.

Jetzt also lud er mich zu einem Schnaps ein. Mein Leben lang hatte ich mir nichts aus Alkohol gemacht, aber irgendwie glaubte ich, dem Mann seine Bitte nicht abschlagen zu können. Vielleicht war sogar eine nähere Bekanntschaft nützlich, denn im Hafen häuften sich die Diebstähle von Nahrungsmitteln noch immer. Man konnte als Polizist nicht genug gute Freunde haben ...

Also stieg ich mit ihm in seine Wohnung hoch. Die Rückfront des Hauses war von einer Bombenexplosion weggerissen worden. Notdürftig hatte Jupp die fehlende Wand mit Dachpappe und einem Holzgerüst ersetzt. Auch der größte Teil der Möbel war von ihm selbst gebastelt worden. Trotz aller Provisorien war es in der Wohnung doch recht gemütlich.

Schon hatte er eine Flasche in der Hand und schenkte mir ein volles Glas ein. Wir prosteten uns zu, tranken ... und im nächsten Augenblick wäre ich fast erstickt.

„Naja, ist ja auch kein französischer Cognac", entschuldigte er sich. Als ich wieder Luft bekam, stöhnte ich: „Hast du bestimmt selbst gebrannt, nicht wahr?" Er grinste verlegen und blieb die Antwort schuldig.

Ich wußte es ja auch, daß die meisten Hafenarbeiter sich ihren Schabau aus Kartoffeln destillierten. Es war zwar verboten, doch gab es in dieser Zeit schlimmere Vergehen.

Sofort kam Jupps Frau hinzu: „Wie kannst du dem Kommissar deinen Fusel anbieten? Davon kann man glatt sterben."

Sie war aufrichtig bemüht um mich, zumal mir noch immer die Tränen übers Gesicht liefen. Während sie mir schnell ein Glas Wasser reichte, kam aus der Küche ein verführerischer Bratenduft. So lecker, wie er schon lange nicht mehr in meine Nase gedrungen war.

Die besorgte Frau bemerkte mein Erstaunen und zeigte sich sofort praktisch: „Also, dafür müssen Sie eine Portion mitessen, Herr Kommissar. Damit Sie den Schrecken vergessen."

Ich schüttelte den Kopf, stand auf, aber beide drückten mich auf den Stuhl zurück: „Wollen Sie uns beleidigen?"

„Ich esse euch nicht das letzte Stück weg", wehrte ich ab. Es war nichts zu machen. Frau Z. beschwor mich: „Das dauert fünf Minuten, nicht länger. Und so knapp sind wir auch nicht. Von meinem Vetter aus der Eifel habe ich drei Hasen bekommen."

Ich willigte ein, obwohl ich mich wirklich nicht ganz wohl in meiner Haut fühlte. Und so saß ich dann mit der Familie vor einer großen Schüssel mit herrlich duftendem Hasenfleisch.

Mit vielen Dankesworten verabschiedete ich mich und fuhr zur Wache zurück. Mir war es noch immer nicht wohl bei allem. Drei Hasen vom Vetter in der Eifel? Na, warum eigentlich nicht, versuchte ich mich zu beruhigen.

Auf der Wache schaute ich mir das Eingangsbuch an. Und da stand es schwarz auf weiß: Ein Nachbar hatte Jupp am Vormittag wegen dreier gestohlener Kaninchen angezeigt.

Verständlich, daß ich plötzlich sehr nervös wurde. Da werden im 1. Revier drei Kaninchen gestohlen, und der Polizeichef dieses Reviers beteiligt sich an dem Festschmaus bei dem die geklauten Karnickel verspeist werden! Nicht auszudenken!

Ich schwang mich sofort auf mein Fahrrad und jagte zur Bottmühle zurück. Zwei und drei Stufen auf einmal nehmend, hastete ich die Treppe zu Jupps Wohnung hinauf.

„Woher kamen die Kaninchen?" brüllte ich los, „wer ist der saubere Vetter aus der Eifel, der drei Hasen zu verschenken hat? Los, jetzt ganz schnell raus mit der Sprache!"

Jupps Frau begann sofort zu weinen, und er selbst bot auch keinen sehr überzeugenden Anblick. Schwer ließ er sich auf einen Stuhl fallen und meinte leise: „Nun regen Sie sich doch nicht so auf, Herr Hasemeier, ich bring' das schon in Ordnung, das verspreche ich Ihnen."

Er gab also den Diebstahl zu. Aber wie wollte er das in Ordnung bringen? Im übrigen: Ich war jetzt selbst ziemlich ratlos. Da war ich also ohne jede Schuld in eine höchst peinliche Situation gekommen.

Ich stieg wieder auf mein Fahrrad und fuhr stundenlang durchs Revier, obwohl nirgendwo etwas geschah. Aber ich brauchte die frische Luft und Zeit zum Nachdenken. Nur: Eine rettende Idee kam mir nicht. Ich sah mich schon als Zeuge vor Gericht und hörte in meinen Ohren meine eigene Aussage: „Jawohl, Herr Richter, von den Kaninchen habe ich auch einiges gegessen."

Doch als ich am Abend zur Wache zurückkam, berichtete mir der Wachhabende: „Der Mann, dem die Kaninchen gestohlen worden sind, war wieder hier und hat die Anzeige zurückgenommen. Wahrscheinlich war die Tür des Verschlages nicht richtig geschlossen gewesen. Die sind von allein getürmt. Das hätte ihm aber auch eher einfallen können. Immer erst die Polizei verrückt machen . . ."

Ich dachte, nicht richtig gehört zu haben. Hatte Jupp die Sache also tatsächlich in Ordnung gebracht? Aber wie denn nur?

Ich gestehe, daß ich nicht mehr nachgeforscht habe. Warum sollte ich auch? Die Anzeige war zurückgenommen worden, für die Polizei war damit der Fall erledigt.

Erst später, viel, viel später erkundigte ich mich bei Jupps Nachbar, wie es denn damals nun wirklich mit den gestohlenen Kaninchen gewesen war. Ungeniert lachte er mich an: „Natürlich hat der Jupp die Viecher geklaut. Aber er machte das ja dann wieder gut." – „Wie denn?" fragte ich. Abermals kam eine offene Antwort: „Er gab mir dafür 20 Pfund Zucker!"

Zucker! Wahrscheinlich von jenem gestohlenen Sack, den wir dem Jupp nicht nachweisen konnten. Den er aber dann doch gestohlen haben mußte. So kommt schließlich alles heraus. Für eine Anzeige wegen des gestohlenen Zuckers war es jedoch längst zu spät. Da war bereits die Verjährung eingetreten. Und das war auch gut so. Denn Jupp kam nie wieder mit dem Gesetz oder der Polizei in Berührung und lebt noch heute als braver Bürger im Severinsviertel. Wenn er diese Zeilen liest, kann er mich ruhig noch einmal zu einem Kaninchenbraten einladen. Heute wüßte ich, daß der Braten nicht gestohlen wäre.

Staatsaktion in der Elsaßstraße

Es war kein Eisenbahnzug im Wilden Westen, nein, nur ein einfacher Bummelzug, der mit einer schnaubenden alten Dampflok von Rheinbach nach Köln ratterte. Doch hinter Großkönigsdorf passierte dann etwas, wie es im Wilden Westen nicht aufregender hätte geschehen können.

In einem Sonderabteil saßen zwei Justizbeamte mit dem Auftrag, die ihnen gegenüber sitzenden fünf schweren Jungen nach Köln zu einem Gerichtstermin zu bringen. Natürlich war das eine riskante Sache, aber ein Auto stand damals für solche Gefangenentransporte noch nicht zur Verfügung. Und da zudem die beiden Justizwachtmeister gut bewaffnet waren, rechnete niemand mit unliebsamen Zwischenfällen. Freilich hätte man die fünf Häftlinge während der Fahrt auch fesseln können, doch das hätte in der Öffentlichkeit zuviel Aufsehen erregt.

Wie gesagt, woran niemand geglaubt hätte – hinter Großkönigsdorf geschah es dann doch. Einer der Gefangenen verzog das Gesicht und keuchte plötzlich: „Ich maachen en de Botz . . .“

Einer der beiden Aufseher führte ihn sofort zur Toilette. Vorwurfsvoll brummte er: „Menschenskind, bis nach Köln hättest du doch noch aushalten können. Wir sind doch gleich da.“

„Enä, ich kann nit mieh!“ stöhnte der Häftling. Der Aufseher nickte beschwichtigend: „Ja, ja, ich glaub's ja.“ Er war völlig arglos. Wer ein so starkes menschliches Rühren verspürt, ist ungefährlich – dachte er.

Im nächsten Augenblick zog der Häftling blitzschnell einen Beutel Waschpulver aus der Hose und schüttete es dem Beamten ins Gesicht. Zwei harte Faustschläge folgten, der Aufseher war entwaffnet. Zur selben Zeit fielen die vier anderen Ganoven über den zweiten Wärter her, schlugen ihn zusammen und entwaffneten ihn. Das Spiel war gelaufen.

Einer der Häftlinge zog die Notbremse. Ein grelles Quietschen, ein starker Ruck – der Zug hielt. Die Ganoven sprangen auf freiem Feld aus dem Wagen, zwei Minuten später waren sie in einem Waldstück verschwunden. Alle fünf zusammen hatten noch 67 Jahre Knast abzusitzen – also keineswegs Leute, die man wegen unerlaubten Angelns eingesperrt hatte.

Da alle aus Köln stammten, wurde bei uns sofort Großalarm ausgelöst. Innerhalb von 17 Tagen waren vier Ausbrecher tatsächlich wieder festgenommen. Nur der fünfte blieb spurlos verschwunden. In den Hafenkneipen bekamen wir immer wieder höhnisch zu hören: „Den kriegt ihr nicht, das ist das Wiesel, den kriegt niemand. Und wer sich ihm nähert, den legt er um. Das Wiesel ist knallhart, das versteht keinen Spaß."

„Abwarten", dachte ich bei solchen Prophezeihungen. Insgeheim war ich allerdings nicht sehr erpicht darauf, ausgerechnet mit einem so gefährlichen Burschen aneinanderzugeraten. Denn wie gefährlich das Wiesel war, hatte sich auch im Polizeipräsidium herumgesprochen.

Dann endlich, sechs Wochen nach der geglückten Flucht, kam ein zuverlässiger Hinweis: Das Wiesel hat bei einer Kellnerin in der Elsaßstraße Unterschlupf gefunden.

Hei, was war das für ein Aufgebot! In aller Morgenfrühe fuhren drei Mannschaftswagen in die Elsaßstraße. Der ganze Häuserblock wurde umstellt. Überall Kripobeamte in Zivil, Polizisten in Uniform, eine richtige Staatsaktion.

Ein Polizeikommando rannte ins Haus, stürmte die Treppen hoch und trat – da nicht geöffnet wurde – die Tür ein. Aber nur die Kellnerin war in der Wohnung, betrunken im Bett. Schallend lachte sie die Beamten aus: „Haha, hä es fott, hä hät ens widder de Aap met üch jemaht . . ."

Dabei brannte noch des Wiesels Zigarette im Aschenbecher, sein halb geleertes Schnapsglas stand daneben.

Jetzt wußten wir, weshalb man ihn das Wiesel nannte. Über die Dächer war er entkommen, so lautlos, so schnell, so unbemerkt, wie es eben nur ein Wiesel kann. Das war vielleicht eine Blamage. Weil ich mir vor der Haustür das Grinsen nicht verkneifen konnte, bekam ich prompt von einem höheren Polizeioffizier einen Anpfiff.

Natürlich, jetzt war ich es schuld. Aber da begann in mir auch schon der Plan zu reifen, wie man dem Wiesel vielleicht doch auf die Schliche kommen könnte. Und der Plan ging auf.

Nach etwa einer Woche traf ich die Kellnerin. „Sie wissen doch, daß Sie jetzt ein Strafverfahren bekommen", sprach ich sie an. „Dat es mir ejal", winkte sie ab, „för dä Alex dun ich alles."

„Das verstehe ich nicht", gab ich zurück, „wo der doch jetzt bestimmt bei einer anderen Freundin im Bett liegt . . ."

Sie schüttelte den Kopf: „Enä, dat mäht hä nit, nit minge Alex!" Aber schon während sie das sagte, merkte ich, wie die ersten Zweifel in ihr aufzusteigen begannen. Ich ging weiter, hatte aber das gute Gefühl, daß die Saat nicht auf unfruchtbaren Boden gefallen war. In der Person der Kellnerin hatten wir jetzt einen Fahndungsbeamten mehr.

Ich hatte mich nicht geirrt. Schon nach wenigen Tagen kam die Kellnerin zu mir auf die Wache. Mit zornesrotem Kopf wetterte sie: „Dä Dreckskääl! Hät sich esu e Flittche anjelaach und denk, met mir künnt hä sujet maache! Ävver mit mir nit, nä, mit mir nit! Jetz künne Se in schnappe, Här Schnäuzer, maachen Se et höösch, am besten dis Naach. Hä litt bei d'r Frau Lender em Weichserhof 53 om zweite Stock."

Ja, ja, die Eifersucht hatte wieder einmal ihr Opfer gefunden. Diesmal allerdings war sie durchaus berechtigt.

Nachts um zwei Uhr trafen wir uns in der Wache. Zwei Kripobeamte, die damals zu unserer Dienststelle gehörten, und mein Außenmeister Mechonat. Einer der Kriminalbeamten hatte auch noch den Polizeihund Hasso mitgebracht.

In stockdunkler Nacht betraten wir leise das Haus. Ich schlug an die Tür von Frau Lenders: „Aufmachen, Polizei!“ Es rührte sich nichts. Ich pochte noch einmal gegen die Tür: „Frau Lenders, öffnen Sie sofort, oder ich schieße das Schloß auf.“

Wir hörten ein schleichendes Geräusch. Dann eine Frauenstimme: „Nicht schießen, ich mache ja schon auf.“

Aber im nächsten Augenblick rief der Kriminalbeamte Wilke: „Der Kerl läßt sich an einem Seil herunter!“ Ich sprang auf das Treppengeländer und ließ mich wie ein kleiner Junge herunterrutschen. Die anderen nahmen zwei und drei Stufen auf einmal. Wenige Sekunden später standen wir im Hof. Das Wiesel hockte auf dem Flachdach einer Backstube. Mitten im Lichtkegel unserer Taschenlampen. Er sah unsere Pistolen und hob die Hände.

Langsam kam er herunter. Und dann bat er: „Loß mich doch e beßche ahndunn. Ihr künnt jo all mit eropkumme.“ Er war wirklich nur dürftig bekleidet. Aber wir alle wußten auch, wie gefährlich das Wiesel war. Mechonat beruhigte ihn: „Auf der Wache ist es warm. Die Kleider holen wir dann später.“

Wir holten sie wirklich später. Und fanden unter dem Kopfkissen einen geladenen und entsicherten Revolver. Ich hielt dem Wiesel die Waffe unter die Nase: „Und das?“ fragte ich ihn.

„Ihr hat Jlöck jehatt. Wenn ich ming Saache hätt holle dürfe, hätt et fünfmol jeballert“, zischte er mich haßerfüllt an.

Am nächsten Tag waren wir die Helden des Tages. Was die Staatsaktion in der Elsaßstraße nicht geschafft hatte, hatten wir vier Polizisten allein geschafft.

Ein Mädchen mit eisernem Willen

Ich hatte mir schon so manche Lebensgeschichte anhören müssen. Diesmal saß in meinem Büro ein ungewöhnliches Mädchen und erzählte mir seine phantastischen Erlebnisse. Ihre Wangen glühten wie reife Granatäpfel. Ihre Lippen verrieten Sinnlichkeit. Mit ihrer Figur konnte sie einem Mannequin Konkurrenz machen.

Gespannt hörte ich zu. „Mit 16 Jahren begann ich meine kaufmännische Laufbahn bei einer großen Essener Firma. Steno und Schreibmaschine machte ich gern und deshalb bekam ich des öftern vom Bürovorsteher ein Lob. Doch damit war ich nicht zufrieden.

Ich wollte mehr. Da saß im Vorzimmer des ersten Direktors eine ‚Brillenschlange', die niemand in ihren Bereich ließ. Ich hatte mir vorgenommen, dieses üppige und herrschsüchtige Reptil bei einer passenden Gelegenheit abzuschießen. Eher, als ich dachte, kam der Tag. Die rechte Hand des Direktors erkrankte und fiel für mehrere Wochen aus. Ich sah meine Gelegenheit kommen, denn der Bürovorsteher setzte mich an ihren Platz. Am nächsten Morgen hatte ich einen strammen Pulli an. Meine Haare leuchteten in tizianrot. Meine Beine kamen durch einen kurzen Faltenrock gut zur Geltung. Gegen zehn Uhr rief mich der allgewaltige Chef zu sich. Erstaunt riß er die Augen auf. ‚Wie, Sie sind auch in unserer Firma? Ich habe Sie ja noch gar nicht gesehen.'

Ich lächelte honigsüß und zeigte meine weißen Zähne: ‚Ich blühe ja auch nur hinten im Verborgenen, Herr Direktor.' Ich stand vor ihm und merkte, wie er mich vom Scheitel bis zur Sohle musterte, wie sein Atem schneller ging. Ich spürte, wie er mich mit seinen gierigen Blicken auszog und in Gedanken über mich herfiel. Ich dachte mir mein Teil, wich einige Schritte zurück und nahm sein Diktat auf.

Am nächsten Tag wurde ich für den Abend zum Essen eingeladen. So fing es an. Zu leicht machte ich es dem Lebemann nicht, denn ich erkannte an seinem ganzen Gebahren, daß er gewohnt war, für Geld alles in Windeseile zu bekommen. Ich ließ ihn zappeln. Den ersten Wunsch, den er mir erfüllte, war, daß ich den Platz der ‚Brillenschlange' behielt. Sechs Monate später hatte ich ihn so bearbeitet, daß er unsere Verlobung in der Firma bekanntgab. Um das Tuscheln der Angestellten gab ich nichts. Sie staunten noch mehr, als ich kurz danach seine Ehefrau wurde. Mein Büro vertauschte ich mit einer Villa. Zum Einkaufen fuhr ich in einem Mercedes, der von einem Chauffeur gesteuert wurde. Ich war plötzlich ganz große Dame.

Wie im siebenten Himmel kam ich mir vor. Da mein Mann viel auf Reisen war, bemerkte ich plötzlich, daß mein Chauffeur ein stattlicher Kerl war und vom Alter her besser zu mir paßte als mein Mann. Es blieb mein Geheimnis. Doch eines Tages kam der Knall. Mein Mann wurde gewarnt und kam unerwartet vorzeitig von einer Geschäftsreise zurück. Ich hatte Pech. Er überraschte mich im Schlafzimmer. Noch schneller als wir geheiratet hatten, waren wir geschieden. Alles, was er mir gegeben hatte, nahm er mir ab. Mit einem kleinen Koffer in der Hand stand ich draußen im strömenden Regen. Der Wind pfiff mir um die Haare. Durch meinen Fehltritt hatte ich es auch mit meinen Eltern vertan.

Plötzlich redete mich eine alte Freundin an. Wir kannten uns aus der Schule. Als ich ihr meine Misere erklärte, meinte sie: ‚Ach, laß den Kopf nicht hängen. Fahr mit mir nach Köln, da kannst du viel Geld verdienen.‘

Ich fragte: ‚Und was habe ich da zu tun?‘ Sie lachte: ‚In einer Bar kannst du dich doch bewegen?‘ So fuhren wir in die Rheinmetropole. Es war aber keine Bar, sondern ein Bordell. Ich wollte zuerst fortlaufen. Doch der Regen, das leere Portemonnaie und der knurrende Magen waren schuld daran, daß ich blieb.

Hier in diesem Haus nahm ich mir vor, so schnell wie möglich zu Geld zu kommen. Sparen, sparen und immer wieder sparen war meine Devise. Eines Tages kam zu mir ein Gast, der mir den Vorschlag machte, bei ihm auf der Aachener Straße ein Auto zu kaufen. Am nächsten Vormittag zahlte ich 500 Mark an; der Rest sollte in monatlichen Raten folgen. Wenn der Termin herankam, rief ich ihn an und fragte, wie es mit seinem Besuch sei. Zuerst war er immer verlegen, doch er kam, und so konnte ich dann die nächste Rate begleichen. Ich weiß, es war unschön; aber mir war das Hemd näher als der Rock. Nun besaß ich einen schwarzen Volkswagen und fuhr damit verspätete Gäste nach Haus, die bei uns zuviel getrunken hatten. Die anderen Mädchen lachten darüber. Eine sagte: ‚Mensch, Ruth, du bist doch keine Taxifahrerin.' ‚Was heißt das schon?' Die Hauptsache ist, ich bekomme die Fahrten dreifach bezahlt. Und so kam ich mit meinem Fleiß und eiserner Zurückhaltung – denn ich hatte keinen Lotter, der mir das Geld abnahm – zu einem netten Betrag. Ich habe mich entschlossen, in der Stadt einen Modesalon zu übernehmen. Ich bin froh, die Suhle verlassen zu können und ein sauberes Leben zu führen."

Ich wollte es nicht glauben; aber Ruth blieb eisern und schaffte es. Einmal besuchte ich sie in ihrem Geschäft. Sie strahlte: „Ach, was ist das schön, Herr Kommissar. Die Gemeinheit, die Gier und die Leidenschaft habe ich abgeschüttelt. Ich bin hier in diesem Betrieb glücklich. Ich habe einen großen Kundenkreis, und was vor allen Dingen nett ist: Viele Kölner Frauen kaufen bei mir. So höre ich oft die Worte: ‚Hat Ihr och e nett Kleidche für mich und ming Dochter?' So lerne ich außer meinem Schulenglisch auch noch Kölsch."

Ich freute mich mit ihr. Sie hatte schnell die Leiter des Erfolges erklommen, war abgestürzt. Verstand es sich zu fangen und auf der Schicksalsleiter wieder nach oben zu klettern.

Der Eierkönig wird entthront

„Tach, Herr Kommissär", grüßte mich ein altes Mütterlein. Ihre Haare waren noch dicht, dafür aber weiß wie Schnee. Ihr Mund war fast zahnlos und das Gesicht voller Runzeln. Ich dachte: Die ist bestimmt über achtzig Jahre alt.

„Guten Tag! Ich freue mich, daß Sie noch so gut auf den Beinen sind; heute ist doch schlechtes Wetter, denn der Regen tut Ihnen doch auch nicht gut."

Ihre wässerig blauen Augen blickten zum Himmel: „Dat mäht mir nix us. De Haupsaach es, dat ich üvverhaup noch laufe kann. Et fällt mer schwer, morjens us dem Bett zu klemme; ävver wann ich dann drusse ben, danken ich mingem Herrjott, daß ich et widder för ene Dach jeschaff hann. Wessen Se, Herr Kommissär, dat es all noch nit esu schlemm. Mir deiht et nor leid, dat keine Laden op der Vringsstroß mir e Ei verkaufe kann. Bei dem Tünnes, dem volljefressene Maggeler, kann ich mer nit jeden Dach e Ei leisten."

Auf ihren Krückstock gestützt, hielt sie in der linken Hand den Regenschirm. Die Hand zitterte hin und her.

Ich wußte, da waren einige Schwarzhändler, die nur in der Morgen- oder Abenddämmerung auf Pirsch gingen. So gab es auch einen in der Buschgasse. Er zeigte sich stets weltmännisch, ja großspurig, aber seinen Nachbarn gegenüber engherzig und hart.

Ich hatte das Gefühl, als ob die alte Dame den gut genährten Mann meinte, den ich schon lange auf dem Kicker hatte; aber ich wußte nicht, was er trieb.

So fragte ich: „Wie ist das denn mit dem Ei, das Sie sich nur selten erlauben können?"

Sie suchte einen neuen Halt für ihren Krückstock und begann: „Jo, Herr Kommissär, do han ich mer e Ei erlaubt und moot dem jierige Stinkstivvel doför 3 Mark jevve. För uns ahl Lück mit dä nidderije Rent es keine Plaatz mie en unsem ahle Kölle." Sie hielt mir ihre Einkaufstasche hin und zeigte mir das teure Hühnerei. Mir tat die alte Frau leid. Wut stieg in mir auf. Der Maggeler hätte dieser alten Kölnerin auch das eine Ei schenken können. Er verdiente jeden Tag eine Menge Geld und hätte dadurch keinen Verlust gehabt. Mir war bekannt, daß er des öfteren in einem Nachtlokal aufkreuzte, um einer teuren Flasche Sekt den Hals zu brechen.

Ich wollte mich vergewissern, ob ich den richtigen

meinte. „Nä, nä, leev Frau, dat es unverschämt. Wo wohnt denn der teure Eierhändler?"

Sie wies auf ein Haus in der Buschgasse. „Wollt Ehr üch dä ens aanlore?" Ich nickte. „So harte Kreaturen mag ich nicht, und deshalb bekommt er von mir einen Denkzettel."

Sie zeigte ihren letzten Schneidezahn und zischte: „Dann müssen Se hück ovend, wann et düster weed he stonn – dann kütt hä eranjefahre un hät widder Eier bei sich. Jetzt häthä kei Stöck mieh."

Ich lächelte ihr zu und ging zur Dienststelle.

Abends, kurz vor der Dämmerung, stand ich mit einem Beamten in einem Türeingang und beobachtete die Buschgasse. Plötzlich tauchte ein Wagen auf und hielt mit quietschenden Bremsen zwei Häuser neben uns. Der Eierkönig aus dem Vringsveedel hatte es sichtbar eilig. Katzenhaft gewandt trug er eine Kiste ins Haus. Wir stürzten hinterher. Ich sah die beschädigte Stiege nicht und stolperte, so lang wie ich war, auf die Nase. Ich verbiß den Schmerz. Noch im Hausflur konnten wir ihn stellen.

„Ach, da ist ja Nachschub, kosten die auch 3 Mark, oder sind die Eier inzwischen wieder teurer geworden?" wandte ich mich an den Mann.

Er setzte die Eierkiste ab. „Och dat noch", entfuhr es ihm. Er riß den Hut vom Kopf und wischte sich den Schweiß von der Stirn.

„Eimol moot ich jo ens domit rechne. Do hät mich doch bestemmp einer verpeffe?"

Auf der Wache wurde eine Anzeige gefertigt und eine Beschlagnahmebescheinigung ausgestellt. Als er sie einsteckte sagte er: „Nit jedes Pääd jewinnt ob enem Renne, mer muß och ens verliere künne." Wir lachten alle. Kaum war der Mann draußen, als ich zum Wachthabenden sagte: „Da haben wir 300 Eier. Heute ist Samstag, und die Asservatenstelle in der Merlostraße ist zu. Der Kriminalwache die frischen Eier über das Wochenende hinstellen, das möchte ich nicht, denn in der Juli-Hitze werden die Eier faul, oder es kommen Kückelchen – wir haben doch hier keine Glucke. Nein, ich hab's. In der Dreikönigenstraße ist doch das St.-Josef-Stift. Dahin bringen wir die leichtverderbliche Ware. Die alten Leutchen werden sich freuen, wenn zu Mittag ein frisches Hühnerei serviert wird."

Zehn Minuten später stand ich vor der Schwester Oberin. Sie machte verwunderte Augen, als die Beamten ihr die Kiste mit den 300 Eiern überreichte.

„Bitte Schwester Oberin, ich benötige nur eine Unterschrift von Ihnen, daß Sie die Eier erhalten haben."

Die Hände faltend sagte sie: „Das ist aber nett. Sie glauben gar nicht, wie Sie damit den alten Leuten hier im Stift eine Freude bereiten. Offen gesagt, wir haben schon seit Monaten kein Ei mehr gesehen. Wenn ich hier bekanntgebe, daß die Polizei uns Eier geliefert hat – und zwar kostenlos –, wird es ein hohes Lob für die Ordnungshüter geben."

Ich freute mich und zog mit den Kollegen ab. Draußen schlug ich mir mit der Faust in die Handfläche: „Ich glaube, wir haben ein gutes Werk getan. Die Verantwortung dafür, daß wir die Eier nicht der Asservatenstelle übergeben haben, übernehme ich allein."

Wie ich später erfuhr, waren meine Vorgesetzten mit meinem Entschluß vollkommen einverstanden.

Als Reviervorsteher hatte ich eine große Verantwortung. Das wußte ich, aber deshalb riskierte ich auch schon mal etwas. Mein Prestige und mein Image wurden dadurch nicht erschüttert – im Gegenteil, nur gefestigt.

Der Bibliothekar mit der Imbißstube

Es ist eine Binsenweisheit, daß man im Leben sehr oft genau das Gegenteil von dem erreicht, was man eigentlich angestrebt hat. Und je hartnäckiger man sich etwas in den Kopf gesetzt hat, um so mehr schlägt es dann ins Gegenteil um.

Es war im sehr kalten Winter 1947/1948, als zwei Beamte einen stark betrunkenen 42jährigen Mann zur Wache brachten. Sie hatten ihn in den Trümmern eines Hauses an der Annostraße gefunden. Hätten sie ihn liegengelassen, wäre er vielleicht erfroren, zumal er nur mit einem dünnen, abgeschabten Militärdrillichanzug bekleidet war.

Auf dem Rücken seines Rocks waren zwei verblichene große Buchstaben zu erkennen: PG. Das war das Zeichen der deutschen Kriegsgefangenen in Frankreich.

Wir zogen dem Betrunkenen die Personalpapiere aus der Tasche. Als erstes fiel uns der Entlassungsschein eines französischen Kriegsgefangenenlagers in der Bretagne in die Hände. Dann die Ausweispapiere, aus denen der einstige Beruf des Mannes zu entnehmen war: Bibliothekar.

Einer unserer Beamten schüttelte den Kopf: „Sogar ein richtiger Akademiker. Und so besoffen. Wie kommt der nur an den Schabau?"

Wir ließen den Mann auf der Wache seinen Rausch ausschlafen. Am nächsten Morgen bekam er eine Tasse heißen Muckefuck, und allmählich erwachten in ihm wieder die Lebensgeister. Viel war davon jedoch nicht mehr vorhanden.

In wenigen Worten erzählte er uns seine Geschichte. Eine Geschichte, die damals in keiner Weise ungewöhnlich war. Seine Frau war bei einem Luftangriff in Berlin ums Leben gekommen, er selbst wurde bei der Invasion in Frankreich von den Amerikanern gefangengenommen und später den Franzosen übergeben. Vor drei Monaten war er entlassen worden. Seitdem tippelte er durch die amerikanische, französische und englische Besatzungszone, nirgendwo ein Dach über dem Kopf findend, ohne Geld, bettelnd, hungernd, frierend.

„Sie finden doch bestimmt wieder eine Stelle", redete ich ihm zu. Er winkte ab und sagte leise: „Ich nicht, ich war doch in der Partei." Damit konnte er recht haben, tatsächlich waren damals noch die Vorschriften sehr streng.

„Aber Sie müssen doch wieder ein vernünftiges Leben beginnen", sagte einer von uns, „dann arbeiten Sie eben etwas anderes. Arbeit gibt's doch genug."

Aber dieser Mann hatte offenbar alle Hoffnung

aufgegeben. Er richtete sich auf und sagte ganz ruhig: „Wissen Sie was? Bringen Sie mich doch ins Gefängnis. Da hab ich endlich Ruhe. Ich will nicht mehr, ich hab die Nase voll!"

„So ein dummer Quatsch", sagte ich kopfschüttelnd. Doch er blieb dabei: „Mir wird schon was einfallen, daß Sie gezwungen werden, mich ins Gefängnis zu bringen, verlassen Sie sich darauf."

„Um ein Ding zu drehen, dafür hat der gar keine Nerven mehr", prophezeite ich, als er die Wache verlassen hatte. Damit hatte ich mich zwar geirrt, denn unser Bibliothekar beging doch eine Straftat. Allerdings führte sie ihn nicht ins ersehnte Gefängnis . . .

In der darauffolgenden Nacht war er in der Engelbertstraße in eine Kellerwohnung eingebrochen. Mit so viel absichtlichem Lärm und Getöse, daß er prompt von den Bewohnern der Kellerbehausung überrascht und gestellt wurde. Diese Bewohner waren zwei höchst resolute Frauen, eine davon eine Kriegerwitwe. Auch sie hörten aus dem Munde des Mannes die Bitte: „Bringen Sie mich zur Polizei, zeigen Sie mich an." Und seltsamerweise sagten die überraschten Frauen die gleichen Worte, die auch ich schon gesagt hatte: „So ein Quatsch!"

Instinktiv hatten sie gefühlt, keinem Verbrecher gegenüberzustehen. Keine Anzeige, keine Polizei, kein Gefängnis. Statt dessen abermals heißen Malzkaffee und sogar eine warme Kartoffelsuppe. Mitten in der Nacht. Dann bekam der „Einbrecher" einen Strohsack zugewiesen, eine Zellwolldecke und die Empfehlung: „Schlafen Sie sich erst mal aus. Morgen sehen wir weiter . . ."

Von all dem erfuhren wir erst im Frühjahr, als der Mann mit der Witwe bei uns auf der Wache erschien. Er war kaum wiederzuerkennen, so erholt und gepflegt sah er aus.

„Ich wollte mich eigentlich nur dafür bedanken,

daß Sie mich im Winter aus den Trümmern geholt haben, und daß Sie damals so nett zu mir waren", sagte er freundlich. Und dann zeigte er auf die neben ihm stehende Frau: „Ich glaube, alles hat sich wieder eingespielt. Wir wollen nächste Woche heiraten." Was dann auch tatsächlich geschah. Und hiermit wäre die Geschichte eigentlich am Ende. Ein Happy-End, wie man es sich nicht besser wünschen kann.

Doch leider kam das Ende erst viel später. Und leider auch ohne Happy-End.

Unmittelbar nach der Währungsreform eröffnete das Ehepaar am Heumarkt in der Nähe der alten Markthallen eine Imbißstube. Bockwurst 40 Pfennige, Berliner 30 Pfennige, Frikadelle 25 Pfennige, Fleischbrühe 20 Pfennige. Das Geschäft lief blendend.

Jedesmal, wenn ich vorbeikam, trank ich eine Tasse Fleischbrühe und fragte den Mann: „Und Sie haben keine Lust, wieder in Ihren alten Beruf zurückzukehren?" Dann strahlte er mich stets an: „Hier verdiene ich doch viel mehr. Was meinen Sie – wir legen jeden Pfennig zur Seite. In ein paar Jahren machen wir ein erstklassiges Restaurant auf."

Mit so viel Begeisterung und einer so tüchtigen Frau an der Seite konnte aus dem Vorhaben tatsächlich etwas werden. Aber unser Würstchen-Max wollte mehr Geld zur Seite legen, als er mit der Imbißstube verdiente.

Bei einem nächtlichen Einsatz überraschten wir drei Einbrecher, die sich gerade aus dem Stollwerck-Gebäude schleichen wollten. In ihren Taschen suchten wir vergeblich nach einer Beute. Den Grund erfuhren wir schnell: Sie wollten einen Tresor knacken, kamen aber nicht mit dem Schneidbrenner klar.

Trotzdem war das ein guter Fang. Denn auf das Konto des Trios kam noch eine Reihe anderer und weit erfolgreicherer Diebstähle. Tagelang forschte die Kripo nach dem Verbleib der dabei gemachten Beute.

Bis endlich das Geständnis kam: Alles, was nachts bei den Einbrüchen ergattert werden konnte, wurde am nächsten Morgen zu einem Hehler gebracht. Und dieser Hehler war unser Imbißbudenbesitzer am Heumarkt, der Mann, der seine Zukunft als feiner Gastronom gestalten wollte.

Bei seiner Festnahme war er alles andere als ein feiner Mann. Er schlug einen Kriminalbeamten zu Boden und konnte zunächst fliehen. Er kam bis zum Tauzieher, dort nahmen ihn zwei Beamte unseres Reviers fest.

Als er zur Wache gebracht wurde, war ich wie vom Schlag gerührt. „Sie?“ stieß ich fassungslos hervor. „Ausgerechnet Sie? Wie konnten Sie auf solche Ideen kommen? Menschenskind, wo sich doch bei ihnen alles so gut eingerenkt hatte . . .?“

Er zuckte mit den Schultern. Müde schaute er mich an: „Vielleicht hätte ich doch lieber auf Sie hören sollen, Herr Hasemeier, es wäre besser gewesen, ich wäre wieder in meinen alten Beruf zurückgegangen. Dann wäre ich nicht mit den Leuten zusammengekommen, deretwegen ich jetzt hier bin. Aber nun ist es ja wohl zu spät, nicht wahr?“ Noch einmal zeigte er etwas Hoffnung: „Oder können Sie mir helfen? Sie kennen mich doch, Sie wissen doch, wie ich damals nach Köln kam, wie ich . . .“

Ich winkte ab: „Jetzt wird Ihnen niemand mehr helfen.“ Nicht nur er, auch seine Frau bekam eine harte Gefängnisstrafe. Später versuchten sich beide als Kellner in einer Wirtschaft in der Weidengasse, wo es auch nicht gerade sehr vornehm zuging. Dann verlor ich das Ehepaar aus den Augen. Ich weiß nicht, was aus den beiden geworden ist. Ein Nachkriegsschicksal unter unzähligen anderen. Wo war die Schuld, wo begann das Verhängnis? Solche Fragen wird niemand beantworten können. Viele wurden damals mit ihrem unerwarteten Schicksal fertig, andere scheiterten.

Beim „Billigen Jakob“ wird zugeschlagen

Manchmal waren es die merkwürdigsten Zufälle, die uns auf die Spuren von Ganoven brachten. Daß wir hinter das Geheimnis des „Billigen Jakobs“ aus der Nächelsgasse kamen, war ebenfalls so ein Zufall. Er bestand darin, daß es in dieser Gasse ein einäugiges Mädchen gab, dessen Anziehungskraft auf die männlichen Besucher offenbar nicht allzu groß war. Dementsprechend geringer waren auch bei ihr die Honorare. Und weil sie sich darüber ärgerte, gelang uns ein ganz kapitaler Fang.

Der „Billige Jakob“, allgemein nur Schang genannt, war für uns eine zwar etwas umstrittene, aber dennoch vertraute Erscheinung. Jede Woche kam er einmal oder zweimal auf seinem Fahrrad zur Gasse, hängte sich dort einen kleinen Bauchladen um und zog von Bordell zu Bordell.

Was er zu verkaufen hatte, war nicht aufregend. Billiges Parfüm, Lippenstifte, Postkarten und ab und zu auch einige aus schwarzen Quellen stammende Nylonstrümpfe.

Ich hatte mich mehrfach mit ihm unterhalten und meinte gutmütig: „Davon kann man doch nicht leben. Wäre es nicht vernünftiger, eine normale Arbeit anzunehmen?“

Fast devot legte er dann seinen Kopf jeweils zur Seite und beteuerte: „Ich bin eigentlich immer ein zufriedener Mensch gewesen, Herr Kommissar. Was brauche ich schon viel zum Leben. Geld macht nicht glücklich, und satt bin ich allemale geworden.“

Ein Lebenskünstler? Auf der Wache waren wir davon überzeugt. Was uns nur wunderte: Auf sein Kommen warteten die Freudenmädchen jedesmal mit größter Ungeduld. Sollte da doch mehr dahinterstekken als nur Postkarten und Lippenstifte?

Eines Tages kam ein anonymer Anruf. Mit verstell-

ter Stimme sagte die Frau: „Paßt mal auf den Schang auf, das ist der größte Einbrecher aller Zeiten." Dann war die Leitung unterbrochen. Ein gehässiger Racheakt, ohne jeden realen Hintergrund? Es konnte sein, es konnte aber auch nicht sein. Ich traf den „Billigen Jakob" abermals und schaute ihn mir näher an. Etwas herausfordernd fragte ich ihn: „Leben Sie wirklich von dem Kram in Ihrem Bauchladen?" Wieder das unterwürfige Nicken: „Na ja, eine Weltreise kann ich mir davon nicht leisten. Aber für mich langt's Herr

Kommissar. In der Bescheidenheit zeigt sich nun mal der Meister."

So wie er aussah, mußte man es ihm glauben. Abgewetzte Schuhe mit krummen Absätzen, eine alte, ausgebeulte Hose, darüber ein Jackett, das wahrscheinlich schon seit Jahren die Fasson verloren hatte. – Allerdings: An seinem Finger entdeckte ich einen Brillantring, der so ganz und gar nicht zu dieser Erscheinung paßte.

Natürlich bemerkte er meinen Blick. Sofort versicherte er: „Das ist eigentlich mein einziges Wertstück, ein Erbe meines Vaters. Wenn's mir mal ganz schlecht geht, wird der Ring verkauft."

„So so", sagte ich nachdenklich, „ein Erbstück also. Hoffentlich stimmt's."

Da mischten sich plötzlich einige Dirnen ein, die unser Gespräch durch die geöffneten Fenster mitgehört hatten. „Leeven Schnäuzer, wie künne Se nur dä Schang verdächtige? Su ne leeve Käl, als wenn dä jet dät, wat strafbar es! Enä, Här Kommissar, wie künne Se dat nur?"

So hörte ich es aus mehreren Fenstern. Es war doch auffallend und merkwürdig zugleich, wie stark sich die Damen für den Mann ins Zeug legten.

Ja, und dann kam die Stunde der rothaarigen Lotte, des Mädchens mit dem einen Auge. Sie war es auch gewesen, die schon das erstemal angerufen hatte. Jetzt allerdings meldete sie sich mit ihrem vollen Namen: „So, Herr Schnäuzer, jetzt werd' ich Ihnen was erzählen, daß Sie lang am Boden liegen. Hören Sie mal gut zu, so etwas hören Sie nicht alle Tage . . ."

Und dann erfuhr ich alles. Der ach so bescheidene Schang trug seinen Bauchladen nur zur Tarnung vor sich her. In Wirklichkeit war er deshalb in allen Bordells ein gern gesehener Gast, weil er wertvolle Ringe, goldene Armbänder, Perlenketten und anderen Schmuck anbot. Niemand wußte, woher die Ware stammte. Da aber alle Schmuckstücke gebraucht waren, konnte es nur eine Erklärung geben: die Ware stammte aus Einbrüchen. „Und weshalb erzählen Sie mir das alles so freimütig?" erkundigte ich mich bei der Einäugigen. Sie sprach es offen aus. Ihre Einnahmen waren nicht so groß wie jene der Kolleginnen. Also gehörte sie auch nicht zu Schangs Kundinnen. Und da Neid bekanntlich viel vermag, hatte das Mädchen sich entschlossen, ihren Kolleginnen durch den Anruf bei mir die Freude für immer zu verderben.

Sofort wurde die Nächelsgasse bewacht. Wir brauchten nur einen Tag zu warten, bis unser Schang gemütlich angeradelt kam. „Ach, der liebe Kommissar, einen schönen guten Tag wünsch' ich", begrüßte er mich überaus freundlich, „Du gerissener Bursche", dachte ich grimmig. Dann trat ich ihm in den Weg: „So und jetzt mal alles raus, was Sie so in Ihren Taschen haben", fauchte ich ihn an.

Da aber hätte man unseren Schang sehen sollen! Mit einer Geschwindigkeit, die ihm niemand zugetraut hätte, schwang er sich auf sein Rad und strampelte, wie von Furien gehetzt, davon.

Ich hielt ein vorbeikommendes Auto an und hatte auf diese Weise den Flüchtenden bald eingeholt. Er warf das Fahrrad zu Boden und rannte in ein Trümmergrundstück. Aber auch dort holte ich ihn schnell ein. Plötzlich griff er entschlossen in seine Tasche. „Jetzt zieht er die Pistole und knallt mich zusammen", durchfuhr es mich. Aber keine Pistole kam zum Vorschein, sondern nur eine Handvoll Ringe. In weitem Bogen warf er die Schmuckstücke in die Gegend.

Es nutzte nichts. Schang wurde festgenommen, und meine Beamten fanden jeden einzelnen der fortgeworfenen Ringe. Ein langgesuchter Einbrecher war uns ins Garn gegangen. Auf der Wache hielt ich ihm vor: „Das also ist Ihre Bescheidenheit. Von wegen, Geld macht nicht glücklich. Sie haben mich ganz schön angeschmiert. Aber nun bin ich Ihnen doch auf die Schliche gekommen."

Leichenblaß schaute er mich an, ohne auch nur ein einziges Wort zu sagen. Der Schreck saß ihm noch in allen Gliedern.

Während der darauffolgenden Tage hatten wir Hochbetrieb. In jedes einzelne Freudenhaus mußten wir gehen, um das zu beschlagnahmen, was der „Billige Jakob" verkauft hatte. War das ein Gezeter, ein Geheule, ein Geschrei. Aber wenn wir dann mit einer Anzeige wegen Hehlerei drohten, ging es meist sehr schnell, daß man uns das übergab, was der Schang hier einst abgesetzt hatte.

Nur ein einziges Mädchen blieb ungerührt, die Einäugige. Mit unbeweglichem Gesicht schaute sie zu, wie ihre Kolleginnen Gold und Edelsteine abgeben mußten. Wäre es damals herausgekommen, daß sie meine Informationsquelle war – es wäre nicht auszudenken gewesen, was die Kolleginnen mit ihr angestellt hätten. Ich hatte im übrigen keinen Anlaß, meine Quelle preiszugeben. Heute, nach drei Jahrzehnten, kann man ja ruhig darüber sprechen.

E paar krijje dr Hals nit voll

Der Hafendirektor von Schiller, der auch gleichzeitig Hafenkommissar war, hatte zu einer Besprechung gebeten. Gegen zehn Uhr saßen wir einander gegenüber. Ich wußte, was er wollte, denn es hatte sich bereits herumgesprochen, daß die Hafendiebstähle rapid zugenommen hatten.

So sagte der alte Luftschiffer, der mit Doktor Eckener im Zeppelin die Welt befahren hatte: „Mein lieber Herr Hasemeier, da ist irgendwo ein Loch im Netz. Die Lagerfirmen beklagen sich über große Mengen Manko. Trotz verschärften Aufpassens, trotz Kontrollen und Vorhaltungen verschwinden die Lebensmittel sackweise. Sie erhalten von mir alle Vollmachten, im Hafen zu jeder Tages- und Nachtzeit Kontrollen durchzuführen."

Ich nickte: „Das ist sehr gut. Wären Sie damit einverstanden, wenn ich Ihnen erst nach dem Einsatz meine Tätigkeit mit den Beamten melde, denn ich muß außerordentliche Verschwiegenheit voraussetzen. Es hat nicht den geringsten Zweck, wenn die Reinemachefrauen wissen, daß die Polizei heute um 17.30 Uhr eine Razzia starten will. So ein Unternehmen hat nur Erfolg, wenn es von den höchsten Spitzen bis nach unten geheim bleibt."

Herr von Schiller war ein passionierter Pfeifenraucher. Mit viel Sorgfalt stopfte er sich seine Lieblingspfeife – einen Entenschnabel – und paffte blaue Wolken gegen die Zimmerdecke.

„Selbstverständlich, das sehe ich ein. Rufen Sie mich erst nach dem Einsatz an. – Ich verstehe das alles nicht: Wir selbst und Sie mit Ihren Leuten kontrollieren die Drehbrücke, den Eingang Dreikönigenstraße, den Ubierring und die Südbrücke."

Ich nickte. „Da wäre aber noch die ganze Rheinfront. Vor einigen Jahren, als Sie noch nicht Hafendirektor waren, kam eine Meute mit einem Kahn von Deutz herübergerudert und stieg nach Mitternacht in aller Ruhe in eine Lagerhalle ein. Sie verstauten einige Säcke Diebesgut und verschwanden. Eine andere wunde Stelle ist die Eisenbahneinfahrt an der Südbrücke. Dort hört der Hafen auf, und die Reviergrenze verläuft ebenfalls da. Vielleicht finde ich einen V.-Mann, einen Vertrauensmann, der uns einen Tip geben kann."

„Ich drücke Ihnen die Daumen. Wir müssen den Lagerfirmen unbedingt zeigen, daß man mit dem Hafendirektor und der Polizei keine Späße machen kann."

Draußen sahen mich einige Hafenarbeiter. Sie steckten die Köpfe zusammen und tuschelten. Ich dachte mir meinen Teil. Einige Tage ließ ich ohne merkliche Verschärfung der Lage verstreichen. Ich überlegte und überlegte, dann kam mir der Zufall zu Hilfe. Ein Radfahrer blieb mit dem Vorderrad in den Straßenbahnschienen hängen und fiel unglücklich zu Boden. Ich sprang hinzu und half dem Mann wieder auf die Beine. Er hatte sich das rechte Knie aufgeschlagen und blutete heftig. Mit meinem Verbandspäckchen leistete ich Erste Hilfe.

Da wir in der Höhe des Ubierrings standen, sagte ich zu ihm: „Gehen Sie zur Wasserschutzpolizei und lassen Sie sich richtig verbinden, und anschließend suchen Sie einen Arzt auf, denn Verletzungen an Straßenbahnschienen sind immer gefährlich."

Wie erstaunt war ich, als er sagte: „Jo, jo, Herr Kommissär, esujet muß usjerechnet mir ahlem Lokführer passiere."

Bei mir zündete es, schnell sagte ich: „Sie sind Lokführer bei der Hafenbahn? Aber doch bestimmt schon seit langer Zeit."

„Et wäde dit Johr 25. E Veedel Johrhundert es allt en lange Zick, Herr Kommissär. Do süht mer un hört mer vill. Ich kann Inne dat jo ruhich sage, Sie han jo denne Hafenarbeider e paar Pündcher täglich zojestande. De miehtste halden sich dodran, ävver e paar krijje dr Hals nit voll. Mir wollen se dr Stroß erömdriehe, wann ich de Auge nit zomache."

„Kein Wort mehr. Sie haben mir genug gesagt. Machen Sie, daß Sie die Treppe zur Wasserschutzpolizei hochkommen. Ihr Knie wird schnell dick."

Ich fragte nicht nach seinem Namen.

Zwei Tage später forderte ich vom Präsidium 8 Polizeihunde an. Ich gab an, einen großen Trümmerblock, in dem sich Gesindel aufhielt, durchzukämmen. Meinen wirklichen Einsatzplan gab ich fünf

Minuten vor Beginn meinen Beamten bekannt. Es war unmöglich, noch irgendeine Stelle rasch zu verständigen.

Wir hatten auch einen 22-Sitzer angefordert. Verwundert blickten die Beamten sich an, als ich ihnen auf der Fahrt sagte: „Wir fahren jetzt durch das Vringsveedel bis zur Eifelstraße. Anschließend zurück über die Ringe, Clodwigplatz, Bonner Straße bis zur Südbrücke. Ich denke, daß wir dann alle Beobachter abgeschüttelt haben."

Es war nämlich bekannt, daß man das Revier 1 beschatten ließ, um über alle unsere Einsätze Bescheid zu wissen.

Es war kurz vor 19.00 Uhr. Den großen Wagen hatten wir in Deckung gefahren. Meine Beamten und die Diensthundeführer waren mit ihren Aufgaben vertraut gemacht worden. Wir lagen hinter Kisten in Deckung. Zu meiner Verwunderung war das Eisentor für die Einfahrt der Hafenbahn nur angelehnt, und so konnten wir schnell und ungesehen unsere Posten beziehen. Minuten später dampfte die alte Hafenlok heran. Außer dem Lokführer sahen wir keinen Menschen. Es vergingen 40 Minuten. Dann kam der Zug aus dem Hafen, von den Lagerhallen zurück. Plötzlich sprangen zwei Beamte mit rotem Licht auf die Schienen. Einer von ihnen rief laut: „Halten Sie den Zug an, hier ist Polizeikontrolle."

Ich hörte den Lokführer rufen: „Wat es dann jetz loß, esujet es mir in mingem Berof noch nit vörjekumme."

Die Hunde kläfften; jeder Waggon wurde überprüft. Die Beamten fischten aus den Wagen acht Mann, jeder hockte auf einem Zuckersack. Was mir auffiel, war, daß der Lokführer auf dem Kohlentender einen weiteren Mann sitzen hatte, der aber kein Heizer war.

„Was machen Sie hier?" fragte ich ihn. „Wat ich he

maache? Nix! Ich fahren e Stöckche met. Do kammer doch nix jäje han." Ich dachte an die Worte des Lokführers, kletterte auf den Tender und stieß mit einem Schürhaken die Lokkohlen auseinander. Noch während meiner Arbeit wollte der Mitreisende das Weite suchen. Doch Ivan, unser Polizeihund, der auch dabei war, versperrte ihm den Weg.

Hinter den Kohlen fanden wir drei Sack Zucker, insgesamt also elf. Eine schöne Menge, wenn man bedenkt, wie klein damals die Rationen waren. Ich freute mich. „Lassen Sie den Zug langsam zurückrollen. Die Männer bringen das Diebesgut zurück zur Halle. Anschließend fahren sie mit uns zum 1. Polizei-Revier."

Knurrend kam der Lokführer meinem Befehl nach. Zumindest tat er so. Innerlich freute auch er sich darüber, daß die Unersättlichen endlich gefaßt waren und für einige Zeit hinter den Mauern des Klingelpütz verschwanden.

Am selben Abend rief ich den Hafendirektor an. „Gott sei Dank", seufzte er, „das wird den anderen wohl eine Lehre sein."

Verhängnisvolle Neugier

Hans-Peter schwänzte mit seinem Schulfreund die Fortbildungsschule. „Einmal den verflixten Unterricht nicht mitmachen, Mensch, Karl, du hast eine tolle Idee gehabt."

So schlenderten die beiden über den Heumarkt, kamen zum Rhein und blickten interessiert dem Treiben auf dem Wasser zu.

Karl war körperlich seinem Freund um Haupteslänge überlegen, aber auch geistig: ein schneller Denker und überhaupt einer der besten in der Klasse.

Hans-Peter, schlank und drahtig, zeigte zumeist Zurückhaltung, machte aber zum Schluß doch alles mit, was sein Freund vorschlug.

An der Dreikönigen-Hafeneinfahrt blieben sie stehen und sahen auf die Rheindampfer, die für den Sommer einen neuen Anstrich erhielten. Es roch stark nach Farbe. Die Anstreicher standen wie Artisten auf den schmalen Brettern und pinselten.

Plötzlich sagte Karl: „Du, die Luft hier macht einen so richtig frei. Guck mal, da geht aber ein nettes Mädchen."

Hans-Peter sah die Bezeichnete nur noch von hinten.

„Figur hat sie schon, aber die Beine könnten besser sein." Beide lachten. Karl stieß seinen Schulfreund in die Seite. „Weißt du was? Gleich hier in der Nähe ist eine Gasse, da stehen die Mädchen an der Tür oder hinter dem Fenster. Hast du schon mal so eine Puffstraße gesehen?"

Hans-Peter winkte ab. „Ach, was soll das? Du verdrehst mir nur den Kopf."

„Was soll das denn schon? Wir brauchen doch nur mal schnell durchzugehen. Da ist doch nichts bei." Und wie immer ging Karl voraus und Hans-Peter hinter ihm.

In der Nächelsgasse drängten sich die Männer. Einige standen in Pulks zusammen und unterhielten sich über das große Angebot. Karl deutete auf ein Fenster in Nr. 8. „Sieh mal, die dort drüben, Mensch, hat die ein Paar Augen und einen schönen Busen."

Hans-Peter sah hin. Wie von einem elektrischen Schlag getroffen, drehte er sich um. Jegliche Farbe war aus seinem Gesicht gewichen. „Um Gotteswillen komm hier fort!" stammelte er. Als ob zwanzig Hunde hinter ihm herliefen, rannte Hans-Peter davon. Karl stoppte ihn auf dem Heumarkt. „Hans-Peter, du bist doch eine Flasche. Siehst ein paar nette Frauen und rennst gleich davon. Du bist eben doch noch kein richtiger Kerl. Und jetzt heult er sogar!"

Hans-Peter wischte sich tatsächlich die Tränen fort. Leise sagte er: „Du bist mein Freund, sprich mit keinem darüber. Weißt du, wen wir da am Fenster gesehen haben?"

„Na, und? Wer soll denn schon das Mädchen gewesen sein? Das kann uns doch egal sein."

Hans-Peter schlug mit der Faust gegen seines Freundes Brust. „Eben nicht. Es war, du wirst es nicht glauben, meine Mutter. Ich gehe nicht mehr nach Hause! So eine Schande! Dabei hat sie mich jahrelang belogen, sie ging in ein Büro. Ich hab ihr alles, was sie mir erzählte, immer geglaubt. Aber jetzt ist alles aus."

Was die beiden jungen Männer nicht wußten, war, daß die Mutter ihren Jungen in der Gasse ebenfalls erkannt hatte und bis in ihr Innerstes erschüttert war.

So saß sie Minuten später bei mir im Büro.

„Herr Kommissär, Ihr möht mer helfe. Minge Mann ist en Polen jefalle. Ich krijjen kein Rent, han nix jeliert. Dä Jung wor en enem Internat. Alles han ich nor för in jedon. Ich han nie domot jerechnet, dat hä ens dorch die Jass köm. Dat verdanken ich nor singem Fründ. Dä mäht mer doheim dr jröjte Kraach. Ich han Angs, et künnt jet passeere."

Ich nickte. „Liebe Frau Sansibar, daß der Junge einen Schock bekommen hat, kann man gut verstehen. Da hilft wohl nur gutes Zureden, und wenn das nichts nützt, eine Standpauke. Ich gehe mit Ihnen nach Hause. Wir werden es schon gemeinsam schaffen, daß Ihr Sohn sich fängt."

In der Wohnung trafen wir Hans-Peter an. Ich bat die Mutter, mich mit ihm allein zu lassen. Zuerst wollte er davonrennen. Ich hielt ihn aber am Arm fest, und mein Griff, das spürte er, war wie eine Zange.

„Junger Mann", begann ich, „es ist traurig, daß Ihre Mutter durch die Not in so eine Lage geraten ist.

Schließlich hat sie es aber doch nur aus Liebe zu ihrem einzigen Jungen getan. Oder bilden Sie sich ein, eine Erziehung in einem Internat kostete kein Geld? Sie sind immer gut gekleidet gewesen. Sehen Sie mal ihre Klassenkameraden an; ich glaube nicht, daß viele so einen guten Anzug tragen. Es gibt nur eins, um aus dieser verfluchten Misere herauszukommen. Sie müssen Ihre Lehre beenden und danach streben, einen gut bezahlten Posten zu bekommen. Ihre Mutter hat Tausende für Sie ausgegeben; verdienen Sie mal die ersten Tausend, dann können Sie erkennen, was Ihre Mutter in den letzten zehn Jahren geleistet hat. Ich sage Ihnen, eine Mutter bringt jedes Opfer – kann das ein Sohn auch?"

Dem Jungen schossen die Tränen hervor. Er schluchzte.

„Weinen Sie sich ruhig aus", sagte ich, „Tränen zeigen, daß der Mensch Güte ist und eine Seele hat."

Ich stand auf und rief Frau Sansibar ins Zimmer. Der Sohn fiel ihr in die Arme: „Mutter, Mutter, verzeih mir!"

Leise zog ich mich zurück. Ich wußte, daß eine Mutter ihren Sohn wiedergefunden hatte.

Einige Jahre später traf ich Hans-Peter in der Hirschgasse. Stolz berichtete er mir: „Herr Kommissar, ich habe eine gute Stellung als Fernsehfachmann. Meine Mutter ist wieder zu Hause, und die verfluchte Vergangenheit ist vergessen."

Eine höchst anrüchige Fahrzeugkontrolle

Einem Berufsschieber das Handwerk zu legen, scheute sich niemand von uns. Aber wenn ansonsten ehrbare Bürger maggelten, um zwei Pfund Fleisch in den Topf zu bekommen, drückten wir mehr als einmal gleich beide Augen zu.

Wie beispielsweise bei Essers Tina. Das war eine durch und durch ordentliche Frau, die mit ihrem Mann, einem Lagerarbeiter vom Hafen, tatsächlich nur von dem lebte, was damals auf die Lebensmittelkarten zugeteilt wurde. Und das war herzlich wenig.

Eines Tage begegnete ich Essers Tina vor dem Rheinauhafen. Behutsam schob sie ihr Baby im Kinderwagen vor sich her. „Wie alt es dat Klein?" fragte ich. Tina antwortete freundlich: „Uns Pitterche weed bal 14 Mond, e söß Jüngelche, nit, Herr Schnäuzer?" Ich mußte es bestätigen. Wir machten ein kurzes Verzällchen, und dann verabschiedete sich Tina: „Mer bringe unserem Pap et Esse!"

Eine Viertelstunde später begegnete mir Essers Tina abermals. Aber diesmal schob sie den Kinderwagen mühsam keuchend vor sich her. War das Baby plötzlich so schwer geworden? Zudem fiel mir auf, daß es jetzt auffallend hoch im Wagen lag. „Wat es dat dann?" fragte ich sie erstaunt. Doch Tina würdigte mich keines Blickes und versuchte den Wagen noch schneller fortzuschieben. „Wat han Se do em Wage?" war meine weitere mißtrauische Frage. „Nix, Herr Schnäuzer, wirklich nix, nur dat Pitterche!"

Doch plötzlich knackste es. Die Federung des Kinderwagens brach, der Wagen kippte um, Pittermännchen fiel schreiend auf die Straße. Und zugleich rollte ein Sack Zucker heraus.

„Aha", sagte ich streng, und Tina weinte bitterlich. Stockend beichtete sie mir: Nie, aber auch wirklich nie habe sich ihr Mann verleiten lassen, von den vielen Lebensmittelvorräten im Hafen etwas mitgehen zu lassen. Jetzt waren er und sie schwach geworden. 30 Kilo Zucker hatte er beiseite geschafft, Tina hatte die Beute abgeholt. Fast vorwurfsvoll schaute sie mich an: „Un do möht usjerechnet Ihr vorbeikumme."

Natürlich war das ein Diebstahl, aber zugleich wußte ich: Diese Frau ist keine abgebrühte Diebin, hier war wirklich nur aus Not gehandelt worden. Ich mußte ihr aus der Klemme helfen:

„Kehrt marsch, zoröck zom Pap! Dä Sack kütt wieder op et Lager."

Mit zitternden Händen legte sie das Pittermännchen und den Sack wieder in den Wagen, und gemeinsam schoben wir den defekten Wagen zum Hafenlager, wo uns Schäng, ihr Mann, mit bleichem Gesicht entgegensah. Er hatte sofort begriffen. „Ojottojott", jammerte er sogleich los. „Halt de Schnüß!" fauchte ich ihn an, und seine Frau beschwichtigte: „Schäng, bes stell, der Herr Schnäuzer brengk dat widder en Ordnung."

Die Sache war vergessen, und ich hatte zwei Freunde fürs Leben gefunden. Als wir drei Jahre später zwei Autodiebe verfolgen mußten, war es Schäng, der uns sofort zur Hilfe eilte und einen der beiden Fliehenden so lange festhielt, bis wir hinzugekomen waren. Noch heute zählt er zu meinen Freunden.

Weniger rücksichtsvoll war ich bei einem anderen Vorfall. Am frühen Morgen kontrollierten wir in der Bayenstraße alle vorbeikommenden Fahrzeuge nach Schwarzmarktwaren. Auch bei einem Leichenwagen wollten wir keine Ausnahme machen. Neben dem Fahrer saß eine schwarz gekleidete Dame: „Mein armer Hans", weinte sie, als wir den Wagen anhielten. Ich öffnete die hintere Tür und sah den Sarg. Doch warf ich die Tür sofort wieder zu, denn aus dem Inneren des Wagens war mir ein entsetzlicher Leichengeruch entgegengeschlagen.

„Wie lange ist denn Ihr Mann schon tot?" fragte ich verständnislos die trauernde Dame. Untröstlich schaute sie mich an: „Schon vor zehn Tagen. Sie wissen doch, wie schwer es ist, einen Sarg und einen Leichenwagen zu bekommen."

Das wußte ich wirklich. Aber den Leichentransportschein wollte ich wenigstens sehen. Verlegen wandte sie sich an den Fahrer: „Haben Sie den Schein nicht eingesteckt?“ Er schüttelte den Kopf: „Ich dachte, Sie hätten ihn in Ihrer Handtasche.“

Beide stritten sich, wer wohl die Schuld an dem Versäumnis haben könnte. Plötzlich wandte sich die Trauernde wieder an mich: „Ach, Herr Kommissar, schauen Sie doch selbst nach, daß eine Leiche im Sarg liegt. Was sollen wir uns da noch um den Schein streiten!“

Dazu hatte ich keine Lust mehr. „Na, dann fahren Sie mal los“, sagte ich und gab die Straße frei. Doch während ich vom Wagen zurücktrat, sah ich sowohl den Fahrer als auch die Dame plötzlich grinsen. Und der Mann tippte sich sogar mit dem Finger an die Stirn.

Jetzt gefiel mir das alles nicht mehr. „Halt, bleiben Sie noch mal stehen“, rief ich und öffnete abermals die hintere Tür. Wieder der unbeschreibliche Verwesungsgeruch. Ich ließ mich dennoch nicht abschrekken. Ich sprang in den Wagen hinein und entdeckte hinter dem Sarg einen Blecheimer, der bis obenhin mit verwesenden Innereien gefüllt war. Millionen Maden wimmelten darin herum.

Zwei meiner Beamten zogen den Sarg aus dem Wagen. Etwas zögernd hoben sie den Deckel hoch. Doch keine Leiche, kein zu betrauernder Ehemann lag im Sarg. Statt dessen zwei säuberlich zubereitete Schweinehälften und zwei Dutzend Hämchen.

Die Dame trauerte plötzlich nicht mehr und wäre mir am liebsten an die Kehle gesprungen. Sie warf ihr Spitzentaschentuch aus dem Fenster. Ich wunderte mich: Es flog fast 8 Meter weit. Ich hob es auf, was man sonst nicht tun sollte, und da rollte mir eine geschälte Zwiebel entgegen. Jetzt wußte ich, woher die Tränen kamen! So ein raffiniertes Luder, dachte ich bei mir. Der Fahrer war vernünftiger: „Jetzt ist alles aus!“

Schon seit Wochen hatten sie mit diesem Leichenwagen alle Polizeikontrollen passieren können. Noch am selben Tag kamen sie vor das Kölner Schnellgericht. Den Schweinesarg mußten wir zum Gerichtsgebäude bringen, weil er als Beweisstück diente.

Autospringer leben gefährlich

Ich glaube, viele Leser werden sich noch sehr gut an die ebenso raffinierten wie geheimnisvollen Autospringer erinnern. Selbst heute weiß man noch nicht, wieviele Banden damals auf den Straßen und Autobahnen ihr Unwesen trieben, wer alles dabei war, wer zu den Chefs zählte, bei dieser damals völlig neuen Art der Kriminalität.

Sie ließen sich mit ihren Autos ganz nahe an fahrende Fernlastzüge heranfahren und sprangen dann während der Fahrt auf die Ladeflächen. Und während die Fernlaster ruhig weiterfuhren, warfen die Springer in aller Ruhe die Ladung hinten auf die Fahrbahn.

Es gab damals in unserer Stadt kaum einen Polizisten, der nicht in die Fahndung nach den tollkühnen Dieben eingespannt war. Alle kannten die Fernschreiben und die täglichen Fahndungshinweise. Nur die Ausbeute dieser Fahndung war verhältnismäßig mager. An die ganz großen und erfolgreichen Banden kam man nur sehr schwer heran.

Auch bei uns gab es einen Schwerpunkt der Fahndung; das war der junge Ferdi S. aus der Kleinen Spitzengasse. Alle die ihn kannten, sprachen es offen aus: „Der Ferdi ist jede Nacht bei den Springern." Und doch jagten wir wochenlang vergeblich einem brauchbaren Beweis nach.

Mehr als einmal hatten wir Ferdi zur Vernehmung bestellt. Der Kriminalmeister Murko bat, forderte, flehte, verlangte ein Geständnis, wenigstens einen Tip. Aber Ferdi blieb unbeeindruckt: „Ich bin kein Zinker. Ihr wißt doch sonst alles, also sucht mal weiter!"

Der Junge war hart wie Marmor, da war kein Wort herauszukriegen. Guter Rat war uns allen teuer.

Eines Tages kam Essers Jupp auf die Wache, ein Fernfahrer, der ständig Lastwagenladungen aus dem Rheinauhafen ins Umland brachte. Ich kannte ihn als einen redlichen, braven Mann, der uns schon bei mancher Sachfahndung im Hafengebiet geholfen hatte. Diesmal erwartete er von uns Hilfe. Aufgeregt erzählte er mir:

„Jetzt bin ich wirklich bald am Ende, jetzt komme ich schon selbst in den Verdacht, mit den Springern unter einer Decke zu stecken. Zum drittenmal sind die jetzt schon in meinen Laderaum gesprungen. Mit Messern schlitzen sie die Plane auf, dann springen sie rein und wenn ich am Zielort bin, fehlen mir fünf Säcke Kaffee. Das glaubt mir doch niemand mehr."

„Jupp, du bist nicht der Einzige, dem das passiert", versuchte ich ihn zu beruhigen. Vergeblich. Nicht unberechtigt hielt er mir vor: „Schnäuzer, ich hab Ihnen so oft geholfen. Jetzt müssen Sie mir helfen."

Das hätte ich gern getan, aber ich wußte beim besten Willen nicht, wie das geschehen sollte. Dann gab ich ihm einen Rat, von dessen Brauchbarkeit ich selbst nicht überzeugt war, für den sich der Mann aber dennoch sehr bedankte: „Ihr Beifahrer sollte nicht mehr im Fahrerhaus sitzen, sondern sich hinten zwischen den Säcken verstecken. Und wenn die Springer ihre Finger auf die Bracke legen, soll er mit dem Knüppel zuschlagen. Ich glaube, das spricht sich schnell herum."

Wie gesagt, ich war von der Brauchbarkeit dieser Empfehlung nicht sonderlich überzeugt, aber irgend etwas mußte ich dem Mann doch raten.

Und dann geschah etwas, was mir das Blut in den Adern erstarren ließ. Eine Woche später kam Essers Jupp wieder zu mir auf die Wache. Blaß und nervös zog er ein kleines Päckchen hervor. Irgend etwas, was in ein Leinentuch eingewickelt war: „Die Springer waren wieder da, Herr Kommissar. Hier haben Sie die Beweisstücke."

Interessiert schaute ich zu, wie er das Päckchen auseinanderwickelte.

„Mein Gott, das ist doch nicht möglich", schrie ich laut und schlug die Hände vor meinem Gesicht zusammen. Aus dem Nebenraum kamen alle Beamten hereingestürzt. Und alle schauten entsetzt auf meinen Tisch: Da lagen drei abgeschlagene Fingerspitzen.

Jupp verteidigte sich: „Ich habe meinem Beifahrer gesagt, nimm einen Knüppel mit. Aber er nahm ein Beil. Na ja, und . . ."

Ich war außer mir: „Herr Esser, das gibt ein böses Nachspiel. So weit darf niemand gehen, auch nicht, wenn es sich um die Autospringer handelt."

„Das war doch so etwas wie Notwehr", stammelte er. „Das soll der Richter entscheiden", gab ich zurück. Wir ließen die Fingerspitzen zum Gerichtsmedizinischen Institut bringen. Und mir war es gar nicht wohl in meiner Haut. Gottlob hatte ich Zeugen, daß ich tatsächlich nur von einem Knüppel, nie aber etwas von einem Beil gesagt hatte. Insgeheim machte ich mir aber Vorwürfe, überhaupt zu einer Gewaltanwendung geraten zu haben.

Am nächsten Tag trat der Kriminalbeamte Murko in mein Zimmer. Hinter sich zog er Ferdi in den Raum. Dessen rechte Hand war mit einem dicken Verband umwickelt. Ferdi schrie mich an: „Ich protestiere gegen die Festnahme, ich verlange sofort einen Anwalt."

Murko legte beschwichtigend seine Hand auf Ferdis Schulter: „Wer spricht denn von Festnahme? Wir wollen nur mal wissen, was mit Ihrer Hand geschehen ist."

„Das geht die Polizei einen Dreck an", brüllte Ferdi zurück, „ich verlange sofort eine Erklärung, weshalb man mich hierhergebracht hat."

„Junge, sag uns doch nur, was mit deiner Hand los ist", bat Murko auffallend ruhig. Erst nach einer halben Stunde zeigte sich Ferdi redseliger: „In die Kreissäge bin ich gekommen, jawohl, in die Kreissäge, dabei hab ich mich verletzt."

Ich schaute ihm tief in die Augen und sagte: „Das dachte ich mir doch. Und dabei sind dann drei Fingerspitzen weggekommen, stimmt's?" Verblüfft schaute er in die Runde: „Drei? Ja, das kann sein, aber woher wissen Sie das?"

Murko lächelte: „Die Fingerspitzen kannst du dir ansehen, wenn du willst. Die liegen im Gerichtsmedizinischen Institut. Wollen wir hinfahren?"

„Nein, nein", schrie Ferdi, „seid ihr wahnsinnig? Ich will von der Sache nichts mehr wissen. Schluß, ich sage jetzt alles . . ."

Und dann wurde er für einige Minuten bewußtlos. Später legte er ein umfassendes Geständnis ab.

Gegen den Beifahrer wurde wider Erwarten kein Ermittlungsverfahren eingeleitet, weil sich Ferdi hartnäckig weigerte, eine Anzeige gegen ihn zu erstatten. Immer wieder wehrte er ab: „Ich will daran nicht mehr erinnert werden."

Die so überaus schmerzliche Erfahrung hatte für ihn auch eine gute Seite. Nach Verbüßung der Gefängnisstrafe wandte sich Ferdi einem durchaus bürgerlichen Beruf zu: Er wurde Lagerarbeiter in einer Kölner Brauerei. Und er bekam nie wieder etwas mit der Polizei zu tun.

Alles wäje dä paar Flüh

Eines Tages fing der Ärger mit „Jonny's Flohzirkus" an. Eine Geschichte, die mir viel Ärger bereitet und mich einige Nerven gekostet hat. Und an deren Ende wir alle entsetzlich blamiert waren.

Sie nahm ihren Anfang mit einem Telefonanruf, in dem uns mitgeteilt wurde, daß es zwischen den Mietern eines Hauses auf der Severinstraße zu einem lautstarken Streit gekommen sei, der jede Sekunde in eine böse Schlägerei auszuarten drohe.

Wir fuhren also – wie immer auf dem Fahrrad – zu dem angegebenen Haus und hörten tatsächlich schon vor der Haustür, daß in dem Gebäude über alle vier Stockwerke hinweg ein heftiger Streit entbrannt war.

Der Grund dafür war geradezu kurios: Im dritten Stock hatte eine Frau, deren Mann noch in russischer Kriegsgefangenschaft war, ein möbliertes Zimmer an einen Polen vermittelt, der als Beruf „Artist" angab. Sein Name: Johannes Burschak. Diesen Namen werde ich nie vergessen, und ich nenne ihn deshalb, weil Burschak in späteren Jahren ein weltbekannter Jongleur wurde, der auch bei uns im Fernsehen auftrat. Damals allerdings reiste er noch mit einem bescheidenen Flohzirkus durch die Dörfer der Eifel und des Bergischen Landes.

Alles, was zu seinem Unternehmen gehörte, war in einer großen Blechkiste verstaut, auf der in grellroter Farbe „Jonny's Flohzirkus" geschrieben stand. Sozusagen seine einzige Firmenreklame.

In dem Haus jedoch, in dem er ein Zimmer bezogen hatte, war es zwischen den Mietern zu größter Unruhe gekommen. Alle schienen sich darin einig zu sein: „Wir wollen keine Flöhe im Haus, der Mann muß raus!"

Als wir nun das Haus betraten, war der Krach im schönsten Gange. Ich nahm das alles nicht so ernst und redete auf die Leute ein: „Macht euch doch nicht lächerlich wegen der paar Flöhe. Außerdem sind die bestimmt dressiert und . . ."

Ich konnte nicht mehr weitersprechen, alle fielen über mich her: „Wat, wäjen dä paar Flüh? Dat sin Hunderte, Här Kommissar, un jeden Dach kumme neue dozo. Han Sie nen Ahnung, wat dat för en Biesterei es . . ."

Die arme Frau, die ihr Zimmer an den polnischen Artisten vermietet hatte und mit betretenem Gesicht inmitten der schreienden Nachbarn stand, schaute mich hilfesuchend an: „Dat es su ene feine Käl, Här Kommissar, dat bringen ich nit fädich, däm dr Stohl för de Pooz ze setzen, enä, dat dun ich nit . . .“

„Weil do ene Fisternöll met dem Flühtirekter häß“, hielt ihr eine Nachbarin vor. Die anderen bekräftigten das: „Jawoll, do solls dich jet schamme, wo dinge Mann noch en Rußland es . . .“

Das wurde alles sehr persönlich, und der Frau war das natürlich mächtig peinlich. „Wo ist denn überhaupt der Artist?“, wollte ich wissen. Ja, der war nicht da. Seine Vermieterin entschuldigte ihn: „Dä es för e paar Dach in Belgien, dä es do wäen enem Engaschemang am verhandele . . .“

„Un övver uns kumme däm sing Flüh“, brüllte das Volk im Treppenhaus wieder los.

Ich fand, daß dies alles keine Sache der Polizei sei; wir hatten weiß Gott dringendere Dinge zu erledigen. Dennoch schärfte ich allen ein: „Wenn hier auch nur die geringsten Übergriffe vorkommen, meine Damen und Herren, bekommen Sie es alle mit dem Gericht zu tun. Ich kann Sie nur warnen!“

Dann verließen wir das Haus. Einer meiner Beamten sagte skeptisch: „Diese Sache ist bestimmt noch nicht ausgestanden, verlassen Sie sich darauf, Herr Kommissar.“ Und der zweite Polizeibeamte meinte verständnisvoll: „Also ehrlich, ich möchte ja auch nicht gerade so eine Flohkiste in meinem Haus haben.“

Die Sache war auch wirklich nicht ausgestanden. Am Abend desselben Tages fand sich ein Bewohner des Hauses auf der Wache ein. Und juckte sich, als wenn er von der Krätze befallen wäre: „Jitz es Schluß, Här Kommissar, mir han de Flüh allt överall em Hus. Dat maache mer nit mieh met. Dat Zimmer vun dä Pollake weed usjeräumt! Do künne Se uns drohe, womet Se wolle. Ich halde die Jöckerei nit mieh us . . .“

Und plötzlich stand sogar auch die Vermieterin in der Wachstube: „Här Kommissar, ich sin dat en, dat jeiht nit mieh. Ich jläuv, die Flüh sin all us dä Keß erusjesprunge." Und sie begann nun ebenfalls sich mächtig zu kratzen.

„Das fehlte uns noch", dachte ich grimmig. Doch wir durften nicht zulassen, daß hier ein Unrecht geschah. Also mußte ich handeln. Und da faßte ich einen Entschluß, der ganz bestimmt nicht sehr glücklich war. Was ich allerdings erst später erkannte.

Da die Leute – und jetzt auch die Vermieterin – die Blechkiste aus dem Hause haben wollten, das Eigentum des Artisten aber geschützt werden mußte, sagte ich: „Dann bringt die Kiste auf die Wache. Sie bleibt dann hier, bis der Mann wieder zurück ist."

Wie der Blitz waren die beiden Besucher aus der Wache. Sie empfanden meine Anordnung als die Ideallösung.

Aber dafür bestürmten mich jetzt meine Beamten: „Herr Kommissar, das können Sie uns doch nicht zumuten. Sollen wir uns das Ungeziefer in den eigenen Pelz setzen?"

Ich erklärte ihnen, warum ich so entschieden hatte: „Das ist ein polnischer Staatsangehöriger; wenn der sich bei der Besatzungsmacht beschwert, weil die deutsche Polizei sein Eigentum nicht geschützt hat, haben wir bestimmt nichts zu lachen."

Das sahen zwar alle ein, aber das Unbehagen blieb. Eine halbe Stunde später brachten vier Männer auf einem Handkarren die Blechkiste in die Wachstube. Mit glücklichen Gesichtern verabschiedeten sie sich.

Ich schaute mir das Blechmonstrum an. Darin sollten also nun in einem Pappkarton einige hundert Flöhe sein. Ich war überzeugt, daß der Pappkarton gegen jeden Fluchtversuch der Flöhe gesichert war. Das war doch schließlich das Kapital des Artisten. Der Koffer allerdings war mit einem großen Vorhängeschloß verschlossen, ansonsten aber keineswegs so hermetisch dicht, daß fluchtwillige Flöhe hier keinen Durchlaß gefunden hätten.

„Einbildung macht nicht nur krank, sondern zaubert auch Flohstiche her“, sagte ich spöttisch zu meinen Leuten und ging zufrieden nach Haus.

Aber schon während des Nachhauseweges begann es mich zu jucken. Am Hals, am Rücken, an den Beinen – verdammt, da wird doch nicht . . .

Ich verbrachte eine nahezu schlaflose Nacht. „Was ist denn eigentlich mit dir los?“ fragte meine Frau immer wieder. Ich blieb die Antwort schuldig. Am nächsten Morgen war ich schon sehr früh auf der Wache.

Die Begrüßung war alles andere als freundlich. Böse Blicke von allen Seiten: „Da haben Sie uns ja was Schönes mit der verdammten Flohkiste angetan!“

„Habt ihr schon einen Floh gefangen?“ versuchte ich zu scherzen. Aber meine ansonst sehr braven Wachbeamten waren diesmal keineswegs für Scherze empfänglich. Sehr energisch teilten sie mir mit: „Die Kiste muß raus, oder wir beschweren uns beim Präsidenten!“

Und jeder kratzte sich. Und als ich es nicht mehr aushalten konnte, kratzte ich mich ebenfalls. Sehr lange, nahezu schon genüßlich.

Wir stellten die Kiste in unseren Hof, wo wir sie zwar sorgsam bewachten, aber es tunlichst vermieden, uns in ihre Nähe zu begeben. Mochten die Biester stechen, wen sie wollten, aber nicht die Polizei.

Drei Tage später konnten wir endlich aufatmen: Johannes Burschak war aus Belgien zurückgekehrt und kam, um seine Flohkiste zu holen.

Ich wollte gerade eine grobe Ansprache halten, da lächelte er mich liebenswürdig an:

„Aber Härr Kommissarr, warrum so aufgeregt? Sind sich doch seit zehn Tage garr keine Flöhe mehr in

Kiste. Habb ich doch verkauft alle Flöhe an anderre Flohzirkus, is doch keine gutte Geschäft mährr für Flöhe, ich jetzt gehe als Jongleur nach Lüttich."

„Mann, wir sind doch hier alle zerstochen worden von den Biestern", fuhr ich ihn an. Er schüttelte den Kopf: „Nich meeglich, noch nich mal eine halbe Floh in Kiste, alle verkauft, für hundertachtzig Mark alle verkauft."

Zum Beweis seiner Worte schloß er an Ort und Stelle die Kiste auf. Nur noch altes Gerümpel war da drin, aber kein Pappkarton mit Flöhen.

Und dann grinste er noch einmal voller Liebenswürdigkeit: „Alles Einbildung in Ihre Kopf, nix Flöhe, nix stechen, nix kratzen, nix jucken, immerr nurr einbilden, Härr Kommissarr . . ."

Ich will darauf verzichten, zu schildern, wie uns allen zumute war. Aber ehrlich, verehrter Leser: Juckt es Sie jetzt nicht auch?

Einige haben es doch noch geschafft

Bei mir läutete das Telefon: „Mensch, Herr Schnäuzer, wat han ich mich jefreut, wie ich ühr Bild sooh. Dat es jo allt esu lang her, dat mer uns et letztemol jesinn han."

Als ich fragte, wer denn am anderen Ende der Leitung sei, traute ich kaum meinen Ohren: „Wat, Se kenne mich nit mieh? He es dat Trud, Se wesse doch, dat Joldmund . . ." Natürlich erinnerte ich mich an „dat Joldmund". Und ich freute mich, als mir Goldmund erzählte, wie solide sie geworden war.

Früher konnte man das freilich von ihr nicht behaupten. Zwei Jahre nach dem Kriege hatte ich sie das erstemal kennengelernt. Obwohl schon damals sehr mollig, galt sie als eines der begehrtesten Freudenmädchen. Ihr Domizil war ein höchst baufälliges Freudenhaus in der Kleinen Witschgasse.

Schon damals war Goldmund vermögend. Ein Liebhaber hatte ihr einst aus Eifersucht die vorderen Zähne ausgeschlagen. Sie ließ sich Goldzähne einsetzen, und sie behauptete, daß davon die Männer wie magnetisch angezogen würden.

Schon damals verfügte sie über eine zwanzigjährige „Berufserfahrung“. Im Durchschnitt wurde sie täglich von sieben Männern besucht. Das ergab, einige böse oder faule Tage abgerechnet, etwa 42 000 Männer, eine Marschkolonne von mehr als 10 Kilometern Länge. Geschätzter Bruttoverdienst während dieser Zeit: 930 000 Reichsmark.

Bis zur Währungsreform hatte Goldmund davon immerhin rund 70 000 Mark gespart. Ihr Sparkassenbuch habe ich selbst gesehen. Aber als dann der Tag der Währungsreform kam, brach für Trude die Welt zusammen. Weinend kam sie zur Wache in der Zwirnerstraße: „Ich ben ruineet, Herr Kommissar. Ich nemme mer et Levve, ich hänge mich op, ich nemme Tablette, oder ich sprenge en der Rhing – Sie künne ruhich laache, ävver ich dun mer bestemp jet ahn!“

Wir mußten trotzdem lachen. Für einige Tage war Goldmund nicht zu sehen. Ihr Fenster in der Kleinen Witschgasse war mit einer blaßroten Gardine verhängt. Kein Lebenszeichen. Doch dann tauchte Goldmund plötzlich wieder auf. Und lächelte mit ihren Goldzähnen die Männer wie eh und je an. Polizeilichen Ärger gab es mit ihr kaum.

Schnell hatte Goldmund erkannt, was die neue harte Währung wert war. In ihr erwachte der alte Erwerbssinn. Ja, und jetzt berichtete mir Goldmund am Telefon, daß sie schon seit elf Jahren in einer kleinen Stadt vor den Toren Kölns ein bescheidenes, aber durchaus ertragreiches Hotel besitzt. Geheiratet hat sie nicht: „Ich kenne doch die Käls, die sin all esu schläch, vun denne schaffen ich mer keinen ahn . . .“

Goldmunds unaufhaltsamer Weg ins bürgerliche Leben ist durchaus kein Einzelfall. Auch „Kaugummi-Marie“ war erfolgreich. Diesen Spitznamen erhielt die hagere Blondine, weil sie nicht eine einzige Sekunde auf ihren Kaugummi verzichten wollte.

Marie war beileibe keine Schönheit. Und ihr ständig Kaugummi malmender Kiefer machte sie auch nicht anziehender. Aber selbst die bösartigsten Kolleginnen konnten ihr eine Tugend nicht absprechen: Marie war herzensgut. Wenn jemand in Not war – sie half immer. Vielleicht war das auch einer der Gründe dafür, daß sie nie Geld hatte.

Bis dann eines Tages Marie in der Nächelsgasse wortlos ihr kleines Köfferchen packte und ebenso wortlos das Freudenhaus verließ. Niemand wußte, wohin sie ging.

Später erfuhren wir es: Ihres Daseins in der Nächelsgasse überdrüssig geworden, nahm sie eine Pflegestelle bei einem durch Kriegsverletzungen querschnittgelähmten Geschäftsmann an. Sie umsorgte nicht nur den Mann im Rollstuhl, dessen Angehörige bei einem Bombenangriff ums Leben gekommen waren, sie führte auch sein kleines Tabakwarengeschäft.

Und das tat Kaugummi-Marie mit solcher Hingabe, daß der Mann sie schließlich heiratete. Inzwischen Witwe geworden, verkauft Marie noch heute Zigarren, Zigaretten und Spirituosen. Als ich sie vor einigen Jahren in ihrem Geschäft besuchte, war sie merklich reserviert. Verständlich: Kaugummi-Marie legte keinen Wert auf die Bekanntschaft mit Leuten, mit denen sie einst im Vringsveedel zu tun gehabt hatte. Auch nicht mit der Polizei.

Eines der Freudenmädchen aus dem Vringsveedel, sehr hübsch und auch sehr intelligent, heiratete sogar Ende der vierziger Jahre in Düsseldorf einen Juristen im höheren Staatsdienst. Wo mögen die beiden einander wohl kennengelernt haben?

Aber auch manche Tragödie spielte sich damals im Freudenhaus-Viertel ab. Da war Marion, die Tochter eines höheren Beamten der Kölner Finanzverwaltung. Der Mann wußte nicht, wie er mit diesem Schicksal fertig werden sollte. Ich hatte versucht, mit dem Mädchen einige ernste Worte zu sprechen, aber vergeblich.

Ebenso erinnere ich mich an die Tochter eines Düsseldorfer Geschäftsmannes, die nach Köln kam, um hier Medizin zu studieren. Weiß der Teufel, wie das bildhübsche schwarzhaarige Mädchen in die Fänge eines Zuhälters geriet, der sie auf den Strich schickte. Ihre Eltern waren ahnungslos. Als sie dann aber doch die bittere Tatsache erfuhren, nahm die Mutter sich das Leben.

Jetzt brach auch das Mädchen zusammen und

unternahm mit Tabletten ebenfalls einen Selbstmordversuch. Sie konnte zwar gerettet werden, blieb aber infolge der Vergiftung für ihr ganzes Leben halbseitig gelähmt. Wir hatten damals vergeblich versucht, dem Zuhälter den Garaus zu machen. Als sich herausstellte, daß er die französische Staatsbürgerschaft besaß und ehemaliger Offizier war – und das 1948 – waren unsere Möglichkeiten erschöpft.

Die Überraschung an der Römermauer

Wenn ich erzählen sollte, mit welch dürftiger Ausrüstung wir in den Jahren vor und auch noch nach der Währungsreform versehen waren, brächte mir das wahrscheinlich einen Lacherfolg. Wenn ich heute unsere jungen Beamten mit ihren schweren Motorrädern, schnellen Streifenwagen und praktischen Funksprechgeräten sehe, bei großen Fahndungen auch noch die Hubschrauber, bekomme ich sofort wieder Lust, Polizeibeamter zu sein.

Damals hatten wir auf dem Revier sechs Fahrräder. Einer unserer Beamten war ständig damit beschäftigt, die platten Schläuche wieder zu flicken. Es verging nicht ein einziger Tag, an dem nicht mindestens ein Rad geschoben werden mußte, weil wieder einmal mit lautem Knall oder leisem Zischen die Luft entwichen war.

Dann bekamen wir eine ganz besondere Vergünstigung: Ein Motorrad mit einem Beiwagen. Aber jedesmal, wenn unser guter Meschonat die schwere Maschine antrat, gab es einen solchen Lärm, daß in den umliegenden Häusern alle Fenster neugierig aufgerissen wurden.

Mit dieser Maschine waren wir zwar schnell geworden, aber das hatte auch seine Nachteile. Denn jeder Ganove hörte uns schon aus weiter Ferne. Auf frischer

Tat konnte man mit diesem donnernden Ungetüm niemanden mehr überraschen.

Bis auf einen einzigen Fall. Und der entwickelte sich so, daß uns gar nicht wohl zumute war. Wir donnerten also gerade den Mühlenbach herauf, als ein Mann mit einem Koffer in der Hand in einem Trümmergrundstück neben dem Korbwarengeschäft Kiel verschwand.

Da mußte etwas faul sein. Wir stellten das Motorrad am Straßenrand ab, nahmen unsere Stablampen und sprangen ebenfalls in die Trümmerwüste. Doch nirgendwo eine Spur des Mannes mit dem Koffer. Dann stießen wir auf ein Stück der alten Römermauer.

„Das hab ich auch noch nicht gewußt, daß hier so eine alte Mauer entlangführt", staunte ich. Meschonat drängte: „Dafür haben wir jetzt aber wirklich keine Zeit!"

Plötzlich sahen wir unter der Mauer ein großes dunkles Loch. Davor Fußspuren, die mitten in das Loch hineinführten. Wir stiegen in die Kellerwelt der Nachkriegsstadt. Das war wirklich eine ganz besondere Welt. Von einem Keller kam man in den nächsten. Zur Zeit der Fliegerangriffe hatte man alle diese Keller mit Durchbrüchen zum Nachbargrundstück versehen.

Unsere Lampen leuchteten alle Ecken und Nischen aus. Manchmal waren die Durchgänge schon so zusammengefallen, daß wir auf dem Bauch weiterkriechen mußten.

Nach einer halben Stunde stellte Meschonat eine Frage, die uns beide erschrecken ließ: „Wo sind wir jetzt eigentlich?"

Ja, wo waren wir? Wir schauten uns betroffen an, leuchteten uns gegenseitig in die Gesichter und mußten zugeben, uns in diesem unterirdischen Labyrinth gründlich verlaufen zu haben. Nirgendwo drang Tageslicht zu uns herab. Wir stolperten weiter. Von einem Keller in den nächsten. Vielleicht im Kreis – wir wußten es nicht.

„Mensch Meschonat“, sagte ich, „stellen Sie sich mal vor, wir finden keinen Ausgang mehr und müßten um Hilfe schreien, damit man uns findet. Ich garantiere Ihnen, da lacht die ganze Kölner Polizei über uns.“ Meschonat wollte davon nichts wissen: „Irgendwo geht's bestimmt wieder raus.“ – „Ja, aber wo?“ fragte ich. Er brummte ratlos: „Das möchte ich auch gerne wissen ...“

Nahezu zwei Stunden verbrachten wir in Kölns Unterwelt zwischen modrigen Kellerwänden, an denen das Wasser heruntertropfte, zwischen verbogenen Eisenträgern und rostigem Gerümpel.

Daß wir eigentlich einem Mann mit einem Koffer nachspürten – daran dachte keiner mehr. Wir wollten nur wieder ans Tageslicht.

Bis dann plötzlich der Schein meiner Lampe – der übrigens immer schwächer geworden war – in einen Kellerraum drang, der merklich besser erhalten war als alle bisherigen. Und dann trauten wir kaum unseren Augen: Hier befand sich ein richtiges Warenlager. Säuberlich in Zellophan verpackte Tischdecken, Bettwäsche, gestapelte Kartons mit Strümpfen aus Seide und Nylon, Damenwäsche, ganze Ballen von Gardinenstoffen – das war wie in einem Basar.

Wir holten tief Luft. An einen solchen Erfolg hatten wir nicht geglaubt. Meschonat sagte erleichtert: „Wo so viel Ware ist, muß in der Nähe auch ein Ausgang sein.“

Wir entdeckten an der Wand einige Bretter. Wir zogen sie zur Seite, kamen so in einen Gang und standen plötzlich wieder in frischer Luft auf der Straße. Genau vor dem Haus Marienplatz 2.

Vom Revier wurden weitere Beamte angefordert. Einer stand im Eingang von Möbel-Müller, ein anderer an der Ecke Kasinostraße, alle wichtigen Punkte der Umgebung wurden besetzt. Der Mann mit dem Koffer würde sicherlich wiederkommen.

Er kam. Zwar dauerte es noch bis zum nächsten Morgengrauen aber dann kam er wirklich. In einem staubigen Monteuranzug, eine Sportmütze tief ins Gesicht gedrückt. Mir fiel der Gang des Mannes auf: leicht, nahezu elegant, mit anmutig wackeligen Hüften.

Wir warteten, bis die Gestalt die Stufen zum Keller hinunterstieg. Dann liefen wir ihr nach. Alles ging sehr schnell. Der Mann ließ sich widerstandslos festnehmen. Doch wer beschreibt unser Erstaunen, als wir feststellten, daß der Mann in Wirklichkeit eine Frau war.

Sie legte sofort ein Geständnis ab: „Das hier sind alles Sachen, die mein Mann bei einem Bruch in ein Lager an der Domstraße geholt hat. Das war soviel – zu Haus konnten wir das nicht hinlegen."

Und da sich der fleißige Einbrecher seinen Fußknöchel verstaucht hatte, mußte die Frau zum Beutelager, um jeweils das zu holen, was man gerade versilbern wollte. Noch am selben Vormittag wurde der Ehemann in seiner Wohnung in der Achterstraße verhaftet. Als er uns sah, ahnte er, was vorgefallen sein mußte. Wütend sagte er: „Un alles, weil sich ming Ahl bestemmp widder ens esu dämlich anjestellt hät . . ."

Am Vormittag begann die Räumung des Warenlagers. Hunderte Kölner schauten zu, wie die Textilien hochgebracht wurden. Und immer wieder hörte ich die erstaunte Frage: „Hat denn niemand gesehen, wie der Kerl das da hinuntergeschleppt hat?"

Eine Frage, die auch wir uns stellten, auf die wir aber von niemandem eine Antwort erhielten. Der Polizeipräsident übrigens zeigte sich von unserem Erfolg nicht sonderlich überrascht. Bei einer Dienstleiterbesprechung meinte er: „Nun ja, den Leuten vom 1. Revier habe ich ja schließlich auch ein erstklassiges Motorrad zur Verfügung gestellt. Da erwarte ich eben auch größere Erfolge." – Ich konnte dem Präsidenten niemals klarmachen, daß es eigentlich der einzige Erfolg war, den wir durch dieses Motorrad hatten. Ich wollte es auch nicht. Wer weiß, ob wir dann noch das Krad hätten behalten dürfen.

Babys in Apfelsinenkisten

Mit den Freudenmädchen im Vringsveedel hatten wir mitunter so viel zu tun, so viel Ärger und Mühe, daß wir uns eigentlich nur selten für deren menschliche Probleme interessieren konnten. Doch wenn es uns einmal gelang, machten wir die erstaunlichsten Feststellungen.

So hatte sich eigentlich niemand von uns Gedanken darüber gemacht, was die Mädchen taten, wenn sie Kinder bekamen. Denn wenige Wochen nach der Entbindung befanden sich die „Damen" wieder im Dienst – wo aber waren ihre Neugeborenen geblieben? Durch einen Zufall kam ich dahinter.

In einer Ermittlungssache gegen einen Zuhälter mußte ich eine Dirne zur Wache bestellen, die allgemein unter dem Spitznamen „Pausbackenengel" bekannt war. Der Name kam nicht von ungefähr, denn ihre Backen waren stets so rund, als zerkaue sie gerade zwei große Äpfel auf einmal.

Als „Pausbackenengel" die Wache betrat sah ich, daß sie hochschwanger war. Ich entschuldigte mich: „Hätte ich gewußt, daß es so mit Ihnen steht, hätte ich Ihnen den Weg erspart. Dann wären wir zu Ihnen gekommen."

Aber sie winkte ab und war keineswegs ungehalten über die Vorladung: „En drei Dach es et esu wick, dann kütt mi Klein!" „Und was geschieht mit dem Panz?" fragte ich neugierig. Wieder winkte sie ab:

„Dat eß kein Problem. Ich han mich allt bei Mutter Arndt em Möhnehus aanjemeldt."

Jetzt war ich noch neugieriger geworden. Ich beschloß, dem Geheimnis des Möhnehauses auf die Spur zu kommen. Was dann schließlich auf mich wartete, war eines der ergreifendsten Erlebnisse meiner Dienstzeit im Vringsveedel.

Das Möhnehaus war ein roter Backsteinbau im Sionstal. Der hintere Teil des Hauses war durch Bomben zerstört. Im Haus selbst wohnten nur acht alte Frauen. Deswegen wurde es allgemein Möhnehaus genannt.

Im 1. Stock also wohnte Mutter Arndt. Was war das für eine Frau? Ich mußte mich davon überzeugen, denn Kleinkinder brauchen Hygiene und Pflege. Und nicht selten wurden gerade damals mit der Pflege von Babys fragwürdige Geschäfte gemacht.

Vor mir stand eine 76jährige Frau. Eine Frau, deren Gesicht nur Freundlichkeit und Güte ausstrahlte. Sie litt schwer unter Gicht – aber darüber sprach sie nie. Sie bewohnte zwei Zimmer – beide waren peinlich sauber. Ich stand zuerst mit ihr in der Küche. Auf dem Küchenschrank sah ich zwölf blanke Babyflaschen, mit Wasser gefüllt. Daneben in Reih und Glied die dazugehörenden Schnuller.

„Liebe Frau Arndt, wie ist das nun mit den Babys?" fragte ich sie. Sie zeigte auf die Wand. Dort hingen die Fotos von drei jungen Männern in Soldatenuniform. Jedes Foto war mit einem schmalen Trauerflor versehen. Mutter Arndt sah mich nachdenklich an: „Dat woren ming drei Junge. Dat wor minge janze Stolz. Ävver alle drei sin in Rußland jeblevve. Un dobei han ich Pänz doch esu jähn."

Sie öffnete jetzt die Tür zum zweiten Raum. Ich traute meinen Augen nicht. Da standen in einer Reihe, nahezu auf den Zentimeter genau ausgerichtet, zwölf Apfelsinenkisten. Jede Kiste war außen mit buntem

Papier beklebt und sah richtig lustig aus. Und in den Kisten selbst: bunt kariertes Bettzeug und darin zwölf rosige Babys. Alle machten zufrieden und ruhig ihr Vormittagsschläfchen.

An jeder Kiste war aus Pappe ein kleines Schildchen angebracht, auf dem Mutter Arndt den Namen des Babys notiert hatte. Außerdem trug jedes am linken Handgelenk ein kleines weißes Band, auf dem der Name nochmals eingetragen war. Und alles strahlte geradezu vor peinlicher Sauberkeit.

Die alte Frau legte ihre Hand auf meinen Arm und flüsterte beglückt: „Eß dat nit söß, Här Kommissar? Sin dat nit leev Pänz? Wat jläuven Se, wat ich en Freud an denne Kleine han, dat jläuven Se nit, janz bestemp . . .“

Frau Arndt zeigte mir von jedem Kind die Geburtsurkunde und deutete auf einen Kinderwagen. „Alle Möhne he em Hus han zosammejelaat, domet mer dat Vehickel für die Pänz anschaffe kunnte. Jede Möhn fährt ens met nem Klein spaziere. Doför laden ich die ahl Dame ens zom Kaffee en. Vun dä Mütter vun denne Pänz, Herr Kommissär, krijjen ich ming Jrosche. Av un zo bringen se och für die Kleine und för mich jet Jods met. Janz esu schläch sin die Mädcher och nit. Ich han noch keins erlääv, dat si Kind nit han wolt. Ich ben dr janzen Dag beschäftigt. Entweder sin et de Pänz oder die Wäsch vun denne Mädcher, die mich immer op Trab halde."

„Liebe Frau Arndt, von Ihnen müßten wir in Köln hundert Frauen haben. Der Pausbackenengel kommt in etwa drei Tagen auch zu Ihnen. Wieviel Kinderchen haben Sie eigentlich schon geholt?"

Sie schlug die Hände zusammen: „Leewen Här Schnäuzer, he em Möhnehus 28, die andere kann ich nit mieh zälle."

Im „Golden Nugget" geht es rund

Wenn ich über Kölns erstes Stripteaselokal berichte, sollte man daran denken, daß damals, im Frühjahr des Jahres 1948, sogenannte Schönheitstänze in der Öffentlichkeit noch ganz anders bewertet wurden, als es heute der Fall ist.

Da etablierte sich also im Vringsveedel ein Nachtlokal, welches in seiner Werbung „erregend schöne Frauen, wie die Natur sie schuf" versprach. Der Besitzer war ein Pole, und das machte die Sache von vornherein problematisch. Der Mann war nämlich während des Krieges zwangsverpflichtet worden, arbeitete im Ruhrgebiet und verzichtete nach Kriegsende wohlweislich darauf, in seine Heimat zurückzukehren.

Statt dessen tauchte er in Köln auf, zeigte eine dicke

Brieftasche – niemand wußte, woher er so viel Geld hatte – und erzählte im übrigen jedem, der es hören wollte, daß er ein ehemaliger KZ-Häftling sei. Dementsprechend machte man auch auf allen Ämtern und Behörden tiefe Bücklinge vor ihm.

Stefan Budzinsky – den Namen weiß ich heute noch – eröffnete also in der Ruine eines Hauses an der Severinspforte seine Nachtbar „Golden Nugget". Am Tag vor der Eröffnung erschien er auf der Polizeiwache, drückte mir die Hand und lud mich ein: „Härr Kommissarr, Sie sind meine Gast. Trrinken, alles frei, habbe noch gute Wodka fürr Sie!"

Wir hatten andere Sorgen, als nachts in einer Bar zu sitzen. Doch dann mußten wir doch gleich am ersten Abend hin; es kam nämlich kurz vor Mitternacht zu einer wüsten Schlägerei, bei der ein beträchtlicher Teil des damals natürlich sehr schwer zu beschaffenden Mobiliars zu Bruch ging. Als wir am Tatort eintrafen, war schon alles geschehen. Stefan Budzinsky empfing uns mit Tränen der Wut in den Augen:

„Verfluchte Nazis, alles kaputtgemacht, weil ich bin arrme Pole, ich dürfen nicht machen hierr meine Geschäft, drreckige Faschisten, Härr Kommissarr, Sie müssen schützen meine Haus . . ."

War es wirklich ein politischer Racheakt? Doch wir brauchten nicht lange darüber nachzudenken, denn aus dem Hinterraum tauchte eine der Schönheitstänzerinnen auf – von Schönheit keine Spur – und korrigierte ihn im breitesten Kölsch: „Do Jeck do, vunwäjen Nazis, dat woren ding Fründe us dr Pollackei, verzäll doch nit su ene Quatsch. Leeven Kommissar, die wollte met uns dr Molli maache, die woren met de Häng an uns am fummele, und do hät et tireck Kraach jejovve. Mer sin doch he nit in dr kalde Heimat, do jecke Ditz do . . ."

Weiß der Teufel, wie der Mann es machte, aber schon am nächsten Abend war das „Golden Nugget" wieder in Betrieb – mit neuen Stühlen und Tischen. Solche Leute hatten eben ihre Verbindungen . . .

Es verging keine Woche, da rief mich der Polizeipräsident an: „Was ist denn bei Ihnen los, Hasemeier? In Ihrem Revier gibt es eine Spelunke, wo die Weiber fast nackt herumlaufen. Wissen Sie das denn nicht?"

„Und ob ich das weiß, Herr Präsident, aber der Mann muß enorme Beziehungen zur Besatzungsmacht haben. Ein Pole, der sich als KZ-Häftling ausgibt . . ." – „Ach, auch das noch", seufzte Präsident Winkler, „das macht natürlich die Sache kompliziert. Aber schauen Sie sich das noch mal an. Passen Sie nur auf, daß wir keinen Ärger bekommen. Sie wissen doch . . .!"

Ja, ich wußte! Ein Mann mit solchen Verbindungen konnte einem wirklich eine Menge Ärger bereiten.

Am Abend fand ich mich also mit einem meiner Beamten im „Golden Nugget" ein. Doch obwohl mich Stefan Budzinsky ursprünglich sogar eingeladen hatte, war er diesmal von meinem Erscheinen keineswegs mehr begeistert.

„Nee nee, Härr Kommissarrr", begrüßte er mich mit saurem Gesicht, „Lait in Uniforrm passe nich in meine Etablissemang, hierr ist sehr intime Atmosphäre, verstehen Sie. Uniform erinnern immärr an SA und Gestapo, also bittä, gähen Sie . . ."

Machen Sie keinen Ärger, hatte der Präsident gesagt. Also gingen wir. Aber nur, um uns umzuziehen. In Zivil kamen wir um Mitternacht wieder: Budzinsky war etwas ratlos: „Nurr noch Brauselimonade da . . ."

„Dann also Brauselimonade", sagte ich. Wir bekamen sie. Auch gleich die Rechnung: 10 Reichsmark.

Ich schaute mir die Gäste an. Fast durchweg englische Soldaten in Zivil und farbige Amerikaner aus Bitburg. Und dann kamen die Schönheitstänze. Da war Ivonne aus Paris, Lilly aus London und Angelina aus Rom – aber alle aus Nippes und Ehrenfeld stammend. Einige kannte ich sogar aus den Hafenkneipen. Vielleicht war das Geschäft für sie hier lohnender . . .

Nach einer halbe Stunde wußten wir, daß das „Golden Nugget“ ein beachtlicher Umschlagplatz für amerikanische und englische Zigaretten war, und daß die Soldaten hier auch ihren Gin und Whisky für viel Geld verkaufen konnten.

Wieder kam Stefan Budzinsky an unseren Tisch. Diesmal freundlicher, vielleicht wollte er jetzt Frieden schließen: „Ich habbe sährr schönes Mädchen fürr Sie, Härr Kommissarr, wiirklich, prima Tänzerin . . .“

Bevor ich etwas sagen konnte, verschwand er hinter einem Vorhang und kam mit einer Blondine wieder: Unsere Lotti aus dem Rheinauhafen, die schon mehr als einmal bei uns aufgefallen war. Als sie mich und meinen Kollegen sah, riß sie sich vom Barbesitzer los und fauchte ihn an: „Met däm soll ich en et Bett jonn? Ich jläuv, do häs se nit mieh all . . . dat es doch dä Schnäuzer . . .!“

„Warrum niich?“ schrie Budzinsky zurück. „Polizisten haben auch hibsche Mädchen gern!“

Nun war es Zeit für uns zum Abschied. Ich erstattete dem Präsidenten Bericht. Er war sehr befriedigt: „Wissen Sie was, Hasemeier? Das machen wir ganz diplomatisch. Ich habe schon einen Plan. Ihnen sage ich nur: Halten Sie sich da raus. Diesmal sollen andere die Kastanien aus dem Feuer holen.“

Mehr sagte er nicht. Nun, mir sollte es recht sein. Und nach zwei Tagen war es soweit. Vier Jeeps der englischen Militärpolizei fuhren um Mitternacht beim „Golden Nugget“ vor, und die Militärpolizisten gingen keineswegs zimperlich mit den englischen und amerikanischen Soldaten um. Danach kamen zwei Militärlastwagen, auf die kistenweise Whisky, Zigaretten, Kaffee und Tee geladen wurden. Unser Stefan Budzinsky war am Ende.

Der Hilfssheriff hatte es gut gemeint

Das Telephon weckte mich aus dem tiefsten Schlaf. Aufgeregt meldete sich vom Revier Zwirnerstraße der Wachhabende: „Herr Kommissar, eine große Schweinerei ist passiert. Heute nacht haben sie im Hafen die Zollhalle aufgebrochen. Zweiunddreißig Sack Rohkaffee sind weg. Was jetzt?“

Ja, was jetzt? Ich wußte, daß dieser Einbruch uns viel Ärger bereiten würde. Denn gerade die Zollhalle sollte von uns wegen der dort lagernden, kostbaren Waren besonders gut bewacht werden. Auch wenn die Polizei nicht überall sein konnte – Vorwürfe würde man uns trotzdem machen.

Ich hielt es für besser, sofort zu versuchen, der Sache auf den Grund zu gehen. Rein in die Uniform, rauf aufs Fahrrad und ab im Regen zum Polizeirevier.

Wir überlegten: Diesen Einbruch konnten nur besonders Ortskundige verübt haben. Und das wiederum waren eigentlich nur die Hafenarbeiter aus der Kolonne des Jean Nilbach. Durchweg fleißige, bärenstarke Kerle – aber irgendwie war jeder von ihnen schon einmal mit dem Gesetz in Konflikt geraten.

Am meisten der Vorarbeiter Nilbach selbst. Sein Vorstrafenregister war ein Querschnitt durchs Strafgesetzbuch. Allein achtzehnmal Körperverletzung. Mehrere seiner Opfer waren Polizeibeamte gewesen.

Die Ermittlungen bei ihm jetzt mitten in der Nacht anzusetzen, erschien mehr als gefährlich. Aber einer meiner Beamten gab zu bedenken: „Das ist der größte Rowdy, den ich kenne. Aber manchmal hat er ein Gemüt wie ein Kind.“

Was blieb uns übrig? Zu dritt radelten wir in strömendem Regen zum Weichserhof, wo Nilbach wohnte. Höchst unfreundlich öffnete er die Tür: „Sach, Schnäuzer, bes do jeck? Medden en dr Naach? Wat es loß?“

Ich hatte vorgehabt, ihm den Einbruch direkt auf den Kopf zuzusagen. Aber so wütend, wie er dastand, erschien mir das doch wenig ratsam. Irgendwie hatte ich plötzlich die Idee, es ganz anders versuchen zu müssen.

Ohne ihn zu fragen, setzte ich mich in seiner Wohnung auf einen Stuhl, machte ein bekümmertes Gesicht und stöhnte ratlos: „Mein Gott, was bekommen wir jetzt für einen Ärger, was wird das für ein Gedöns geben . . .“

„Jo, wat es dann loß, Schnäuzer?“ fragte er schon etwas teilnahmsvoller. Ich erzählte ihm die Geschichte vom Einbruch. Und während ich redete, blieben meine Augen wie gebannt auf dem Küchenschrank haften. Tatsächlich, dort oben lag ein Kaffeesack.

Aber das war ja nur einer – wie kamen wir an die restlichen 31 Säcke? Ich redete weiter, als hätte ich nichts gesehen. Er zuckte mit den Schultern: „Jo, leeven Kommissär, do hat Ehr schläch opjepaß."

„Mensch, Schang, kannst du mir nicht helfen?"

Unschuldsvoll hob er beide Hände: „Ich? Wat han ich domet ze dunn?"

Ich redete auf ihn ein: „Wenn mir einer helfen kann, dann nur du. Ich weiß doch, daß du der heimliche Chef der Hafenarbeiter bist. Du bist doch der große Boß. Dir erzählen sie alles, auf dich hören sie alle, was du sagst, wird getan – du müßtest eigentlich hier im Hafen mein Hilfssheriff sein. Ohne dich stehen wir doch hier auf verlorenem Posten."

Je länger ich redete, desto zugänglicher wurde er. Man spürte förmlich, wie ihm meine Schmeicheleien imponierten, wie stolz er sich fühlte.

Und dann war ich plötzlich wieder beim Thema: „Also, Schang, wie ist das mit dem Kaffee gewesen?"

Der Mann schien tatsächlich ein Kindergemüt zu haben. Ruckartig stellte er sich vor mich hin: „Schnäuzer, do häs Räch, Odnung muß sin."

Er zog sich an, wir gingen in die dunkle Nacht hinaus. Kurze Zeit später holten wir am Severinswall aus der Wohnung eines Hafenarbeiters die ersten zwei Säcke Kaffee heraus. Wir beschafften uns vom Präsidium einen Lastwagen. Früh um vier waren 31 Kaffeesäcke beisammen.

„Wo ist der letzte?" fragte ich scheinbar ahnungslos. Seelenruhig erwiderte der Mann: „Han ich zo Hus. Künne mer holle jonn!"

Nilbach beteuerte jedoch, mit dem Einbruch nichts zu tun zu haben. Den Sack Kaffee hätten ihm die Einbrecher lediglich deshalb vor seine Tür gelegt, weil sie im Hafen sozusagen in seinem Arbeitsbereich „ein Ding gedreht" hatten.

Ich glaubte nicht ein Wort. Tatsächlich stellte sich

bei der Gerichtsverhandlung heraus: Die Einbrecher hatten vor Nilbach solchen Respekt, daß sie es für selbstverständlich hielten, ihn – ohne seine Mitwirkung – an der Beute zu beteiligen.

Wegen Hehlerei kam er glimpflich davon. Wobei ihm natürlich von den Richtern hoch angerechnet wurde, wesentlich zur Aufklärung der Straftat beigetragen zu haben.

Nilbach fühlte sich im Hafen fortan tatsächlich als Hilfssheriff. Die Zahl der Einbrüche ging zurück. Er besuchte mich oft auf der Wache, unser Verhältnis wurde fast freundschaftlich.

Die Erklärung für sein unerwartetes Verhalten war einfach: Er war stolz, daß wir ihn fühlen ließen, wie sehr wir ihn brauchten. Vielleicht zum erstenmal in seinem Leben hatte er das Bewußtsein, eine wirklich wichtige und ehrenvolle Aufgabe erfüllen zu müssen.

„Das wird noch ein ganz ehrenwerter Bürger", spotteten einige Beamte auf der Wache. Sie spotteten – ich aber glaubte schon fast daran.

Jedesmal, wenn ich mit ihm zusammen war, beschwor ich ihn: „Mach nur keine krummen Sachen mehr. Junge, du kommst bestimmt aus dem Dreck heraus. Ich helfe dir dabei. Aber du darfst mich nicht enttäuschen . . ."

Doch dann geschah etwas, womit ich nicht gerechnet hatte, nicht rechnen konnte. Eines Tages sprach Nilbach mich mit geheimnisvollem Gesicht an: „Ehr hat doch jesaht, ich ben Ühre Hilfssheriff?" Ich nickte. Er sprach weiter: „Wör ich nit ene jode Mann för Üch?" Ich nickte abermals.

Da holte er tief Luft: „Ich möht ens zo dr jonn." Und dann auch hochdeutsch: „Ich will Polizeibeamter werden!"

Ich dachte, mich rührt der Schlag. Ein Mann mit nahezu 30 Vorstrafen wollte Polizeibeamter werden. Wie sollte ich ihm das erklären, ohne ihn zu verletzen?

„Hör zu, Schang", stotterte ich mühsam. Heftig unterbrach er mich: „Jeiht dat?" – „Hör doch zu" begann ich abermals. Wiederum fragte er lauernd: „Jo oder nä? Schnäuzer, maach keine lange Verzell, jo oder nä?"

„Mensch, Schang, so einfach ist das doch nicht", versuchte ich seine Erregung zu beschwichtigen. Aber er hörte nicht mehr zu. Drehte sich wortlos um und ging davon. Das ehrenwerte Leben des Jean Nilbach war zu Ende. Zu sehr fühlte er sich gekränkt. Er begriff nicht, wo gewisse Grenzen beginnen und enden müssen.

Es dauerte nicht lange, bis er wieder im Klingelpütz saß.

Anfang der 60er Jahre verunglückte er tödlich. In einem gestohlenen Wagen. Mehrmals hatte ich noch versucht, mit ihm einen Kontakt zu bekommen. Vergeblich. Nicht einmal mehr zu einem Gespräch war er bereit gewesen.

Maria und Köbes – eine kölsche Romanze

Wer glaubt, die Polizei sei stets nur dort zuständig, wo es um die Beachtung des Strafgesetzbuches geht, irrt gewaltig. Mindestens fünf Prozent meiner Dienstzeit im 1. Revier verbrachte ich damit, die verschiedensten privaten Dinge zahlloser Altstadtbewohner wieder in Ordnung zu bringen.

Das wurde von uns einfach erwartet. Wir waren wirklich im besten und privaten Sinne Freunde und Helfer. Manchmal war die Lösung solcher Aufgaben einfach, manchmal erwarteten uns mehr Arbeit und Ärger, als die Sache wert war.

Besonders viel Aufregung bereitete uns der „schwarze Köbes", ein Hilfsarbeiter aus der Markthalle, an dem sofort zweierlei auffiel: sein pechschwarzes, dichtes krauses Haar und seine plattgedrückte Nase, die ihm als Rummelboxer in einer Kirmesbude eingeschlagen worden war.

Köbes wohnte in einer zugigen Mansarde in der Kleinen Witschgasse. Über seine Vermieterin bekamen wir den ersten Kontakt mit ihm. Die rundliche Frau kam zu uns auf die Wache und wollte mich unter vier Augen sprechen:

„Här Kommissar, nit dat Se denke, ich will däm Köbes jet. Dat es nur, weil dä sich vör e paar Dach en richtije Pistol anjeschaff hät."

„Hat der ein krummes Ding vor?" fragte ich besorgt. Sie schüttelte den Kopf: „Enä, dä hät Kummer mit singem Mädchen. Dat Klein will nix mieh vun em wesse, un jetz läuf dä Käl met Selvsmordjedanken eröm. Ich mein, dat jeiht doch nit, do muß mer doch jet dun."

Der Meinung war ich auch. Es war ein regnerischer Sonntagvormittag. Zusammen mit der fürsorglichen Vermieterin ging ich zur Witschgasse. Bevor ich die Stiegen zur Mansarde hochstieg, flüsterte sie mir zu: „Ävver nix verrode, dat ich jet jesaht han."

Ich nickte beruhigend und stand dann in der Mansarde des „schwarzen Köbes". Ohne Einleitung forderte ich ihn auf: „Junge, mach keinen Unsinn, gib sofort die Pistole raus." Energisch hielt ich ihm die offene Hand entgegen. Und ohne Widerrede, ohne jedes Zögern trat er an sein Bett, holte unter dem Kopfkissen eine 08-Waffe hervor und legte sie mir artig in die Hand.

„Junge, spinnst du denn? Wegen einer Freundin eine Kugel in den Kopf schießen? Wer bringt dich nur auf solche Gedanken?" „Jo sach ens, woher weßt Ihr dat?" fragte er völlig erstaunt. Ich tat streng dienstlich: „Die Polizei weiß alles!" Dann drohte ich ihm eine Anzeige wegen verbotenen Waffenbesitzes an, was ihn aber völlig kalt ließ: „Dat es mir ejal. Schluß maachen ich suwiesu. Wann nit met dr Plemm, dann met Tablette. Oder ich hängen mich op. Ävver et weed Schluß jemaht, su oder su.“ Dabei schauten mich seine dunklen Augen so müde und traurig an, daß ich überzeugt war: Dieser junge Mann meint es ernst. Ich versprach ihm: „Ich rede mal mit deinem Mädchen.“ Er winkte ab: „Dat es för de Katz. Dat Maria will nit, un do künne Sie och nix maache.“

Das wollten wir mal sehen. Also sprach ich mit Maria, einer zierlichen Verkäuferin aus einer Imbißstube. Zwischen Bratwürsten und Frikadellen klagte sie mir ihr Leid: „Der Köbes ist bestimmt ein guter Junge. Aber ich hab ihm gesagt, solange er seinen ganzen Lohn versäuft, kann er sich die Verlobung in den Himmel schreiben. Ich hab ihn wirklich gern, Herr Kommissar, aber mit einem Säufer will ich mein Leben nicht verbringen.“

Da fing die Arbeit also schon an. Denn nun mußte ich dem „schwarzen Köbes“ die Leviten lesen, was er wiederum mit der Bemerkung quittierte: „Dat es e Ding. Die paar Bierche, als wenn ich doröm tireck ene Säufer wör. Wat ene Quatsch, wann ich sujet hüre . . .“

Ich redete ihm jedenfalls lange und eindringlich ins Gewissen und glaubte somit meine Pflicht getan zu haben. Zwei Wochen hörte ich nichts mehr von ihm und nichts mehr von Maria. Ich hatte den Fall schon als erledigt abgebucht.

Bis dann drei Wochen später die Vermieterin zur Wache kam. Diesmal aber völlig aufgelöst: „Här Kommissar, nu es et esu wick. Dä Käl well sich in jenau einer Stund et Levve nemme, wann et Maria nit zo im kütt.“ – „Wie denn?“ fragte ich. Keuchend antwortete sie: „Dat weiß ich nit. Hä hät sich enjeschlosse en singem Zimmer. In einer Stund, hät hä jesaht, un kei Minütche länger.“

Wir holten sofort Maria aus der Imbißstube. „Jesus Maria", brüllte sie in echter Besorgnis, riß sich die Bratenschürze vom Leib und kam sofort mit.

Die Tür zur Mansarde war verschlossen. „Machen Sie auf", brüllte ich, „Ihre Freundin ist da." Maria rief dazwischen: „Köbes, mach keinen Unsinn."

Aus dem Zimmer kam leise die Antwort: „Hierode mir? Oder nit? Dann hängen ich mich op. Sag ens tireck: hierode mir oder nit?"

Bevor Maria etwas sagen konnte, warf ich mich gegen die Tür. Dabei hatte ich meine Pistole in der Hand, denn niemand konnte wissen, zu was ein Mann in solch einer Situation fähig war. Hatte ich bis dahin noch insgeheim geglaubt, hier spiele jemand Theater, so wurde ich jetzt eines Besseren belehrt: Köbes stand – nur mit einer Unterhose bekleidet – auf einem Stuhl, um seinen Hals lag die Schlinge eines Seils, das an einem Deckenbalken befestigt war.

Heiser schrie er mit entgegen: „Schnäuzer, bliev stonn! Söns springen ich erav. Keine Schrett mieh, oder ich springe!" Die Vermieterin hielt sich die Hände vors Gesicht: „Ojottojootojott, su ene nette Käl – und dat in mingem Hus, in minger Wonnung!" Und der zierlichen Maria kullerten die Tränen übers Gesicht: „Liebster Köbes, liebster . . ."

Doch Köbes stand auf dem Stuhl steif wie ein Ladestock: „Fiere mir am Sonndach Verlobung? Oder nit? Söns springen ich . . ." – „Idiot", rief ich ihm zu. Aber Maria kreischte: „Nicht am Sonntag, jetzt, direkt, sofort verloben wir uns! Der Schnäuzer ist unser Zeuge. Aber komm vom Stuhl . . ."

Langsam zog Köbes die Schlinge über den Kopf. Dann lagen zwei junge Menschen einander weinend in den Armen. Ich kam mir völlig überflüssig vor. Und weil ich immer hilflos bin, wenn Frauen weinen, schrie ich grob: „Jetzt langt's mir! Ihr könnt mich alle mal . . ." Und verließ sofort das Haus. Auf der Straße atmete ich tief durch. Das hätte ja auch anders enden können.

Das ist eben die große Liebe – wäre man geneigt zu sagen. Aber in diesem Fall war sie es offenbar nicht. Tatsächlich feierten Köbes und Maria zwei Monate später Hochzeit. Tatsächlich auch war Köbes kaum noch in einer Wirtschaft zu sehen. Tatsächlich bekamen beide innerhalb von vier Jahren drei Kinder. Tatsächlich – alles schien gutzugehen.

Bis dann im fünften Jahr Köbes ein anderes Mädchen kennenlernte und seine so heißgeliebte Maria samt Kindern über Nacht verließ. Dieselbe Maria, deretwegen er sich einst das Leben hatte nehmen wollen.

Manchmal vermag man so etwas kaum zu begreifen. Und doch geschieht es nahezu täglich. Das eine wie das andere. Wir wundern uns, obwohl es doch alltäglich ist. Und dann fragt man sich, ob denn alles umsonst gewesen ist.

Ich glaube es nicht. Trotz aller Enttäuschungen, die ich in meinem Revier immer wieder erlebte, war es doch die gleiche Anzahl von Freuden, die uns den Polizeidienst in diesem kölschesten aller kölschen Reviere als die schönste Sache der Welt erscheinen ließ. Ich würde mich freuen, wenn das alte Schlagwort „Die Polizei, dein Freund und Helfer“ in Zukunft wieder ernstgenommen würde – von den Polizisten wie von den Bürgern. In dieser Hoffnung wünscht „dä Schnäuzer“ allen alten Kölner Bürgern einen angenehmen Lebensabend!

Inzwischen ist „dä Schnäuzer“ selbst ein Kölner Senior geworden. 1910 ist er geboren, in Düsseldorf zwar, aber schon mit neun Jahren wurde er „ene echte kölsche Jung“. Nach einer kaufmännischen Lehre im Schuhhaus Ueding ging er 1931 zur Polizei. 1953–55, als er noch das Polizeirevier 1 leitete, unterrichtete der sportbegeisterte Alfred Hasemeier Jiu-Jitsu und Judo an den Polizeiaußenschulen und bei den Bereitschaftspolizeiabteilungen in Bochum, Wuppertal, Linnich und Bork. 1955–62 war er Sportoberbeamter an der Landespolizeischule in Münster, 1962–65 stellvertretender Führer der Einsatzreserve in Köln an der Bonner Straße; mit seiner „fliegenden Hundertschaft“ war er bei allen großen Ereignissen dabei, in Köln, Bonn, Bad Godesberg und Brühl. Im letzten Abschnitt seiner Dienstzeit 1965–70 beim Schutzbereich Nordwest in Ehrenfeld traf Alfred Hasemeier viele Freunde und Bekannte aus der Zeit im Vringsveedel wieder. – 1970 ging er in den Ruhestand. Doch an dem Tag, an dem ihn morgens um zwanzig vor elf der Kölner Polizeipräsident verabschiedet hatte, trat er abends um zwanzig vor elf eine Reise auf den Spuren des Jules Verne an: in 80 Tagen um die Welt. Er sah die Iberische Halbinsel, die Karibik, Mexiko, die USA, Kanada, Hawai, Neuseeland, Australien, Afrika, die Kanarischen Inseln und England – doch als dann die Domtürme auftauchten, rief er erleichtert und gerührt: „Ich ben widder do, do häs mich widder!“ – Wen wundert es da noch, daß Alfred Hasemeier 1976 vom Bürgerausschuß Kölner Karneval als „prominentester Schutzmann von Köln“ geehrt wurde, mit dem ganz selten verliehenen großen Orden: dem Doppeladler mit dem Kölner Wappen und der Narrenkappe – zu tragen am rotweißen Band!